KB150666

BBULMEDIA

www.bbulmedia.com

집행자

집행자

2

묘재 현대 판타지 소설

뿔미디어

목차

1장
소녀의 보물

정단오는 과속 카메라를 무시하며 엄청나게 빠른 속도로 서울 도심을 질주했다.

여의도에 코드 레드가 떴다.

푸른 소라라는 아티팩트를 가진 인기 아이돌 미유가 납치당한 것이다.

선비촌의 유한승으로부터 김지훈을 죽인 용병의 정체를 듣는 중에 사건이 터졌다.

정단오는 미유를 납치한 범인도 오동수일지 모른다고 생각했다. 서울을 배경으로 날뛸 용병이 그리 많지는 않을 것이다.

부와아앙—!

다급함을 느낀 것일까?

앞을 가로막는 차들이 보여도 정단오는 속도를 늦추지 않았다.

오히려 엔진이 터질 만큼 강하게 액셀을 밟으며 아슬아슬하게 도로 위를 달렸다.

일차적인 목적지는 여의도다.

일단 사건이 발생한 여의도 근처에 가서 김상현의 연락을 기다려야 한다.

그때, 정단오의 마음을 읽은 듯 핸드폰 벨소리가 울렸다.

문자 메시지로 코드 레드를 알렸던 김상현이 드디어 전화를 건 것이다.

"마스터!"

대뜸 정단오를 찾는 그의 목소리에서 절박함이 감지됐다. 언제나 여유로운 평소 모습과는 완전히 다른 태도였다.

조수석에 앉은 이지아는 긴장감을 느끼며 말없이 통화 내용을 경청했다.

"미유는?"

"제가 붙여 놓은 요원들이 뒤를 밟고 있습니다."

"왜 미리 막지 못했나."

"너무 갑자기 일어난 일이라……. 상대는 프로 중의 프로입니다."

"인상착의를 말해라."

"20대 후반 추정, 하얀 피부, 마른 체격, 약간 음흉한 인상에……."

"오동수로군."

정단오는 더 듣지 않고도 상대의 정체를 간파했다.

유한승에게 들은 오동수의 신상 내역이 김상현의 입에서 되풀이됐기 때문이다.

꽈악.

핸들을 잡은 정단오의 손에 힘이 들어갔다.

그의 하얀 손등 위로 푸른 힘줄이 선명하게 돋아나고 있었다.

차분하게 말하고 있지만 한계치 이상으로 분노했다는 증거였다.

"오동수는 어디로 가고 있는가?"

가까스로 화를 누른 정단오가 가장 중요한 질문을 던졌다.

김상현이 전화를 했다는 것은 상대의 소재를 파악했다는 뜻이다.

역시 전화기 너머에선 바라던 대답이 돌아왔다.

"인천 방향으로 빠지고 있습니다."

"인천?"

"네. 중간에 다른 길로 갈 수도 있지만, 아직까지는 그 방향입니다."

이어서 김상현이 자세한 도로의 위치를 불러 줬다.

정단오는 변수가 생기면 곧장 연락하라고 당부한 뒤 전

화를 끊었다.

"안전벨트는 단단히 맸겠지?"

"네. 그런데 인천으로 가려구요?"

이지아가 조심스레 입을 열었다.

정단오는 고개를 끄덕이며 그녀에게 경고를 해 주었다.

"조심해라. 지금부터 운전이 거칠어질 테니."

그의 말에 이지아의 안색이 창백해졌다.

지금보다 더 거칠게 운전을 할 수 있다니, 상상하는 것조차 힘들었다.

하지만 정단오는 자신의 말을 지켰다.

인천으로 방향을 튼 그는 풀 액셀을 밟으며 레이서처럼 핸들을 이리저리 움직였다.

끼이이이—

튼튼하기로 유명한 레인지로버지만 정단오의 무리한 주행 때문에 바퀴에서 연기가 솟아났다.

그러나 정단오는 조금도 개의치 않았다.

한시라도 빨리 김상현과 합류해서 오동수를 잡아내야 한다. 그럴 수만 있다면 교통법규 따위는 얼마든지 무시할 수 있었다.

'오동수, 넌 반드시 내가 잡는다.'

정단오는 앞을 가로막는 자동차를 이리저리 피하면서 김지훈의 부검 파일을 떠올렸다.

그의 죽음을 생각하자 겨우 눌러 놨던 분노가 다시 치밀어 올랐다.

'아무도 이 사람을 막을 수 없을 거야…….'

조수석에서 그런 정단오를 지켜보는 이지아는 문득 불길한 상상을 하고 말았다.

칼날처럼 날카로운 정단오의 눈빛이 피를 부를 것 같았다.

부우우웅—!

그렇게 둘을 태운 검은색 레인지로버는 거침없이 인천을 향해 나아가고 있었다.

* * *

인천공항이 있는 영종도에는 인적 드문 공터가 많이 있다.

주민들로부터 방치된 공터는 범죄를 저지르기에 딱 알맞은 장소다.

사실 공항을 이용하는 사람이 아니라면 영종도에 들어갈 일이 없기에 이제껏 큰 문제는 일어나지 않았다.

오동수는 바로 그 점을 노린 것이다. 물론 그는 일을 끝낸 뒤에 공항을 이용할 계획도 가지고 있었다.

"흐흐흐."

그의 입가로 음흉한 미소가 번졌다.

의식을 잃은 채 자동차 뒷좌석에 늘어진 미유는 정말 매혹적이었다.

하얀 피부에 작은 얼굴, 오밀조밀한 이목구비와 분홍빛 입술까지.

전국을 들썩이게 만든 매력을 눈앞에서 지켜보고 있으려니 흥분이 될 수밖에 없었다.

특히나 오동수처럼 욕망에 충실한 인간은 말할 것도 없다.

"우선 물건부터 챙겨 볼까?"

그의 손길이 미유의 얼굴로 향했다.

목표는 그녀의 귀에 달려 있는 푸른색 귀걸이였다.

단순한 귀걸이가 아니라 푸른 소라라는 이름을 지닌 아티팩트를 회수한 오동수의 입꼬리가 위로 올라갔다.

이것으로 임무를 완수한 셈이다.

이제 의뢰인에게 푸른 소라를 전해 주고 남은 대금을 받으면 된다.

김지훈을 죽인 데 이어 푸른 소라까지 획득했으니 어마어마한 보상을 받게 될 것이다.

당분간은 용병 일을 그만두고 해외로 나가 푹 쉬어도 괜찮을 것 같았다.

"역시 인생은 한 방이란 말이지, 크큭."

오동수의 입에서 비릿한 웃음이 흘러나왔다.

그의 욕심은 아직 다 채워지지 않았다. 의뢰인은 푸른 소라만 획득하면 나머지 일은 알아서 처리하라고 말했다.

눈앞에 누워 있는 미유를 입맛대로 해도 된다는 뜻이다.

수많은 남성 팬을 지닌 아이돌을 품에 안는 기분은 어떨까.

"마무리는 확실하게 해 주겠어."

오동수는 핸드폰 카메라를 동영상 모드로 전환시켰다.

미유를 강제로 범하며 그 순간을 촬영하려는 것이다. 동영상을 이용해 두고두고 그녀를 괴롭히려는 의도였다.

"흐흐, 흐흐흐흐흐."

그녀를 가진다는 생각이 들자 참을 수 없는지 오동수가 계속 웃음을 흘렸다.

그의 거친 손이 미유의 블라우스 단추로 향했다.

똑, 딱.

가장 위쪽의 단추 두 개가 풀렸다.

블라우스 사이로 드러난 미유의 하얀 목선은 오동수의 눈을 벌겋게 만들었다.

"후우—!"

거친 숨을 내뱉은 오동수가 그녀의 목을 향해 고개를 파묻었다.

기름기로 번들거리는 입술이 미유의 하얀 목덜미를 탐하기 직전이었다.

바로 그때, 얼음보다 차가운 손이 오동수의 뒷목을 잡았다.

"거기까지다."

낮게 가라앉은 목소리가 공터를 울렸다.

오동수는 즉각 고개를 돌리며 불청객의 정체를 확인했다. 그는 악명 높은 용병답게 망설이지 않고 능력을 썼다.

"어떤 새끼가 겁대가리없이……!"

미유를 놓고 몸을 뒤튼 오동수가 손바닥을 펼쳤다.

원래라면 손바닥에서 쏘아진 에너지가 상대의 심장을 터트려야 한다.

하다못해 갈비뼈 정도는 함몰시키는 게 정상이다.

그러나 오동수의 시나리오는 완전히 빗나가고 말았다. 그를 막아 세운 상대는 알량한 능력으로 감당할 수 있는 사람이 아니었다.

설사 오동수의 능력이 용병 업계에서 손꼽히는 수준이라고 해도 달라질 것은 없었다.

퍽!

짧고 굵은 타격음이 터졌다.

오동수의 마른 몸이 자동차 문밖으로 내동댕이쳐졌다.

그가 아무리 마른 체격이라 해도 성인 남자다.

단 한 방으로 오동수를 공중에 띄우는 것은 쉬운 일이 아니었다.

하지만 그건 시작에 불과했다.

김상현과 추격조의 도움을 받아 아슬아슬하게 현장에 도착한 정단오는 억눌렀던 분노를 가감 없이 터트렸다.

퍼억! 파악!

번개처럼 강렬한 타격이 오동수의 전신을 두들겼다.

반쯤 쓰러진 채로 정단오의 주먹을 받아낸 오동수는 이미 초주검 상태였다.

고작 몇 초 사이에 악랄한 용병에서 빈사 상태의 환자로 처지가 바뀐 것이다.

쿠웅—

털썩.

타격의 영향으로 허공에 다시 떠올랐던 그의 몸이 땅바닥에 떨어졌다.

공터의 흙먼지가 볼썽사납게 쓰러진 오동수의 몸을 덮었다.

"크윽—!"

피 섞인 가래를 토해 낸 오동수가 힘겹게 고개를 들었다.

대체 한국의 어떤 능력자가 자신을 이 지경으로 만들 수 있단 말인가.

기습을 당하기도 했지만 손 한 번 못 써 보고 이렇게 걸레짝이 된 건 분명 충격적인 일이었다.

"대, 대체 누구지?"

"너 따위에게 알려 줄 이름이 아니다."

정단오는 무섭도록 냉정하고 단호한 태도를 유지했다.

저만치 떨어진 공터 끝에 서 있는 이지아가 오싹함을 느낄 정도였다.

퍼억!
쓰러진 오동수의 가슴팍을 발로 후려 찬 정단오가 다시 입을 열었다.
"김지훈을 죽인 것도 모자라 미유를 납치했군. 이 외에 다른 건 없나?"
"김지훈? 그건 어떻게!"
"모두 알고 왔다. 머리 굴리지 말고 포기해라."
말을 마친 정단오의 발등이 오동수의 관자놀이를 찍었다.
평범한 사람은 그대로 뇌진탕에 걸릴 만큼 강한 충격이 전해졌다.
쩌엉—
오동수는 두개골이 흔들리는 걸 느꼈다. 동시에 눈의 초점도 흐릿해졌다.
능력을 사용하려고 해도 몸의 균형이 무너져 의식이 집중되지 않았다.
정말 이대로 죽는구나, 라는 공포감이 온몸을 사로잡았다.
콰아악!
그때, 정단오의 발이 오동수의 가슴을 짓눌렀다.
대자로 뻗어 버린 상대를 짓밟은 정단오는 살기가 느껴지는 눈빛을 뿌렸다.
"살려 준다는 말은 하지 않겠다. 대신 고통 없이 깔끔하게 죽을 수 있는 기회를 주마."

"으으으……."

처음부터 죽음을 전제로 둔 말에 오동수의 안색이 더욱 하얗게 질려 버렸다.

하지만 감히 다른 말을 덧붙일 수 없었다.

그는 이미 정단오가 내뿜는 압도적인 기세에 위축되어 고양의 앞의 생쥐가 돼 버렸다.

이처럼 무지막지한 남자로부터 고통 없이 죽을 수만 있다면 다행일 것 같다는 생각도 들었다.

잘 나가던 용병 오동수의 몸과 영혼이 극히 짧은 시간 안에 완전히 망가진 것이다.

정단오는 그런 오동수를 내려다보며 말을 이었다.

"누구의 의뢰인지 말해라. 두 번 묻지 않겠다."

구질구질하게 심문을 이어 갈 생각 따윈 없었다.

정단오의 태도는 명확했다.

말해도 그만, 안 해도 그만이라는 것이다.

그러나 만신창이가 된 채 그의 발밑에 깔려 있는 오동수는 심각한 고민에 빠졌다.

당장 눈앞에 있는 정단오와 의뢰인 중에서 누가 더 무서운지 저울질하는 것이다.

하지만 고민은 길게 이어지지 않았다.

정단오가 내뿜는 카리스마와 위협은 오동수의 정신을 잠식하고 있었다.

"그, 그게 누구냐면……."

마침내 오동수의 입에서 진실이 나올 것 같았다.

그러나 결정적인 순간, 갑자기 이상 현상이 일어났다. 쓰러진 오동수가 눈을 뒤집으며 전신을 부들부들 떨기 시작한 것이다.

정단오가 손을 쓸 틈도 없었다.

그의 경련은 점점 더 심해져서 발작의 수준으로 번지고 있었다.

"커억!"

끝내 오동수가 비명을 토해 냈다. 거기에 덤으로 검붉은 핏덩이가 딸려 나왔다.

"오동수—!"

정단오는 다급히 그의 이름을 불렀지만, 이미 늦었다.

분명 죽지 않도록 세심하게 타격을 조절했음에도 오동수의 영혼이 육체를 떠나가고 있었다.

털썩.

힘을 잃은 그의 목이 완전히 뒤로 꺾였다.

원인을 짐작하기 힘든 돌연사였다. 그러나 정단오는 눈을 부릅뜨고 주위를 둘러봤다.

'자연적인 현상이 아니다.'

그는 누군가 오동수를 죽음에 이르게 만들었다고 확신했다.

의뢰인의 정체를 누설하려고 마음을 먹자 곧바로 발작이

시작됐다. 우연이라고 믿기엔 너무 공교로운 일이었다.
'여기엔 없군. 오동수도 모르게 장치를 해 뒀던 것인가.'
사방을 둘러보며 기운을 감지해도 저만치 떨어진 이지아 뿐이었다.
아마 오동수에게 의뢰를 맡긴 사람이 모종의 안전장치를 해 둔 것 같았다.
의뢰인의 정체를 말하려고 하면 즉시 죽여 버리는 장치라면 지독하게 강력한 흑마법이나 주술일 가능성이 높았다.
"죽은…… 건가요?"
어느새 가까이 다가온 이지아가 입을 열었다.
그녀는 또다시 죽음을 목격했다는 사실에 충격을 받은 것 같았다.
정단오는 급히 몸을 돌려 이지아의 눈을 가렸다.
"오동수의 차에 들어가 있어라. 미유가 언제 깨어날지 모른다."
"알겠어요."
억지로 그녀를 차 뒷좌석으로 보낸 정단오는 죽은 오동수의 몸을 수색했다.
우선 그의 품에서 푸른 소라를 찾아냈다.
귀걸이를 회수한 정단오의 눈동자 위로 복잡한 감정이 떠올랐다.

오랜 세월을 거슬러 다시 만난 아티팩트다. 그 영롱한 푸른빛이 과거의 기억을 떠올리게 만든 것이다.

처억.

조심스레 푸른 소라를 품에 챙긴 정단오는 수색을 끝내지 않았다.

시체를 뒤지는 것임에도 조금의 거리낌도 없었다. 그에게 이런 일은 익숙하다 못해 지루한 작업이었다.

부스럭.

그때, 뭔가가 손에 잡혔다.

오동수의 외투 안주머니 깊숙이 들어 있던 것을 꺼낸 정단오의 표정이 변했다.

대충 구겨진 A4 용지에는 비행기 시간표가 적혀 있었다.

요즘에는 비행기 티켓이 이런 식으로 출력되어 사용된다. 이른바 E—Ticket이라는 것이다.

"출국 예정 시간이…… 오늘 밤이로군."

오동수는 외국으로 떠나는 비행기를 예약해 두었다. 그것도 얼마 남지 않은 오늘 밤이었다.

비행기 티켓에 시선을 고정시킨 정단오의 머리가 빠른 속도로 회전하기 시작했다.

'미유를 납치하고 푸른 소라를 뺏는다. 그리고 욕망을 채운 뒤 인천공항에서 출국이라……. 그렇다면 의뢰인에게 푸른 소라를 건네줄 시간이 부족하다.'

추측을 마친 정단오의 눈동자에 광채가 서렸다.

그는 짧은 시간 안에 두 가지 가설을 세웠다.

첫째는 의뢰인이 외국에 있는 경우이다.

오동수가 푸른 소라를 뺏은 뒤 비행기를 타고 외국으로 날아가 의뢰인에게 아티팩트를 전달하려 했을 수 있다.

두 번째 가설은 의뢰인과 인천공항에서 만나기로 약속했다는 것이다.

푸른 소라를 뺏자마자 인천공항에서 의뢰인에게 물건을 넘겨준다. 그 뒤 돈을 챙겨서 비행기를 타고 유유히 국외로 빠져나간다.

누가 봐도 완벽한 시나리오다.

정단오는 두 가지 가설 중에서 후자의 가능성이 더 높다고 판단했다.

이제까지의 정황으로 봤을 때, 의뢰인이 외국에 있을 가능성은 낮다.

김지훈을 죽인 사건도 있고, 의뢰인은 국내에서 오동수에게 세밀한 지시를 내렸을 것이다.

더구나 오동수가 예약한 비행기의 최종 목적지는 멕시코다.

범죄자와 용병들의 천국인 멕시코에 이런 일을 의뢰한 거물이 살 것 같진 않았다.

결국 의뢰인과 오동수는 인천공항에서 만나기로 약속한 것 같았다.

정단오의 예민한 감각이 스스로의 추측에 확신을 더해 주고 있었다.

'아직 세 시간 정도 남았다.'

시계를 본 정단오는 복잡해진 머릿속을 정리했다.

무턱대고 인천공항에 간다고 해서 의뢰인을 찾는 게 쉬울 리 없었다.

그의 정체와 얼굴을 모르기에 감각에 의지해야 한다.

그러나 정단오는 희망을 버리지 않았다. 그의 품에 들어온 푸른 소라가 있기 때문이다.

푸른 소라는 평범한 귀걸이가 아니다. 일정 범위 안의 능력자를 감지할 수 있는 아티팩트다.

능력자 세계에서는 최고의 레이더로 통하는 물건이었다.

만약 푸른 소라의 힘을 사용할 수만 있다면 인천공항에서 의뢰인을 찾는 게 가능해진다.

"이지아, 그녀가 깨어났나?"

머리칼을 쓸어 넘긴 정단오가 차 안으로 들어간 이지아에게 질문을 던졌다.

이지아는 뒷좌석에서 의식을 잃고 누워 있는 미유를 돌보는 중이었다.

"아니요. 아직 깨어날 기미가 안 보여요."

"억지로라도 깨워야겠군."

성큼성큼 오동수의 차로 다가간 정단오가 미유의 손목을 잡았다.

인기 아이돌이자 인형처럼 생긴 소녀의 손목을 잡는 건데도 조금의 동요조차 보이지 않았다.

이지아는 내심 그런 모습에 감탄하며 정단오가 어떻게 미유를 깨울지 지켜봤다.

투욱!

간단해도 너무 간단했다.

그가 손가락으로 미유의 맥을 짚자 거짓말 같은 일이 벌어졌다.

죽은 듯이 잠들어 있던 미유가 천천히 눈을 뜬 것이다.

"으음, 여긴……?"

낯선 장소, 낯선 얼굴들.

눈을 뜨자마자 생경한 현실과 부딪친 미유는 본능적으로 비명을 지르려 했다.

"까아— 읍!"

그러나 비명 소리는 자동차 밖으로 새어 나가지 못했다. 정단오가 거친 손길로 그녀의 입을 막아 버린 것이다.

그는 부들부들 떨고 있는 미유에게 무뚝뚝하고 건조한 말투로 설명을 해 주었다.

"납치당했던 건 기억하나?"

"……."

미유는 여전히 말을 할 수 없는 상황이기에 겨우 고개를 끄덕였다.

"너를 납치했던 사람은 내가 처리했다. 그리고 난 너에게 해를 가할 생각이 없다. 그러니 쓸데없이 소리 지르지 마라. 시끄러운 건 딱 질색이다. 알아들었는가?"

다시 미유의 고개가 끄덕여졌다.

정단오는 그제야 그녀의 입에서 손을 뗐다. 그러곤 눈짓으로 이지아를 가리켰다.

"나머지 설명은 이지아, 네가 해라."

"제가요?"

"나보단 친절하게 말할 것 아닌가. 같은 여자이니 안심이 되겠지."

굳이 이지아에게 설명을 시키는 건 정단오 나름의 배려였다.

그 뜻을 알아챈 이지아도 얼른 입술을 달싹였다.

"어, 음, 안녕하세요? 전 이지아라고 해요. 이렇게 보여도 서강대에 다니고 있는 학생이구요, 나쁜 사람은 아니니까 놀라지 말아요. 사실 이런 상황에서 안 놀라는 게 이상한 일이지만 말이에요."

"누, 누구세요? 정말 저를 구해 주신 건가요?"

"네, 맞아요. 여기 세상에서 제일 무뚝뚝하고 차가운 사람이 미유를 구한 거예요. 납치당했던 건 기억한다고 했죠?"

"네……."

"자동차 밖에 보면 그 사람이 쓰러져 있을 거예요. 웬만하면 안 보는 걸 추천하겠지만, 정 못 믿겠으면 확인해 봐요."

이지아 역시 시체를 보고 충격을 받았기에 조심스레 말을 건넸다.

그러나 미유는 확실한 증거가 필요하다는 듯 자동차 밖을 확인했다. 그러곤 예상대로 새파랗게 질린 얼굴이 되었다.

“저, 저 사람…… 그러니까 납치범이 죽은 건가요?”

“무섭고 떨리는 거 잘 알고 있어요. 아주 잠시만 제 이야기에 집중해 줄래요? 차근차근 설명해 줄게요.”

오동수의 시체를 확인한 미유는 적어도 정단오와 이지아가 자기편이라고 믿게 된 것 같았다.

그녀의 심장이 터질 듯이 쿵쾅거렸지만 조금씩 이성이 돌아오고 있었다.

원래 밝고 당찬 성격으로 유명한 미유는 이지아의 눈을 바라보며 고개를 끄덕였다.

“네. 대체 이게 어떻게 된 일인지 설명해 주세요. 저도 알아야 할 일이라면…….”

이지아는 잠시 동안 말없이 미유의 눈동자를 마주 봤다.

그녀 자신도 처음 정단오를 만나고 능력자의 세계를 알게 됐을 때 큰 충격을 받았다.

그런데 이제 입장이 바뀌어서 다른 누군가에게 이야기를 해 줘야 하다니, 괜히 이상한 기분이 들었다.

하지만 눈앞의 작고 아름다운 소녀도 진실을 알아야 한다.

그녀가 원하지 않더라도 푸른 소라의 주인이기에, 또한

아티팩트를 받았던 독립군의 후손이기에.

이지아는 인간의 힘으로 어찌할 수 없는 운명을 느끼며 설명을 시작했다.

"조금 긴 이야기가 될 수도 있어요. 그러니까 모든 일의 시작은……."

이지아는 처음 정단오를 만난 날부터 지금까지의 대략적인 이야기를 차근차근 해 주었다.

생략할 건 생략하면서 미유가 현실을 받아들일 수 있게끔 도와준 것이다.

능력자들의 세계가 존재한다는 것, 그리고 정체불명의 누군가가 아티팩트 때문에 독립군의 후손을 노린다는 것 등등. 감당하기 힘든 말이 많았음에도 미유는 침착했다.

한 번에 모든 것을 받아들일 순 없어도 현실을 부정하진 않았다.

그것만으로도 충분히 대단한 태도였다.

정단오 역시 미유의 의연한 모습에 만족하고 있었다.

'확실히 핏줄은 속일 수 없는 건가.'

독립군, 그중에서도 아티팩트를 받을 정도로 뛰어났던 인물의 후손이기에 또래 여자들과는 달랐다.

이지아도 그랬고, 미유도 마찬가지다.

"이제 어떤 상황인지 조금은 알겠죠?"

"네, 언니. 고마워요."

미유는 이지아를 신뢰하게 됐는지 언니라는 호칭을 사용했다.

곧이어 그녀가 동그란 눈망울을 빛내며 질문을 던졌다.

"그런데 매니저 오빠랑 회사 사람들이 걱정하고 있을 것 같아요. 얼른 연락을 해 줘야 하는데……."

사실대로 말하자면, 걱정 수준이 아니라 미유의 기획사 전체에 비상이 울렸다.

뿐만 아니라 신문과 방송 매체들이 미유의 잠적을 주요 뉴스로 내보내는 중이었다.

그러나 정단오에겐 먼저 확인할 일이 남아 있었다. 그 뒤에 김상현을 통해 미유를 안전하게 보내 줄 생각이었다.

"물어볼 말이 있다."

"네?"

잠잠하던 정단오가 다시 입을 열자 미유가 조금 놀란 표정을 지었다.

나쁜 사람이 아니란 걸 알았어도 정단오의 기운이 그녀를 주눅 들게 만든 것이다.

스윽—

"푸른 소라, 너의 귀걸이다."

정단오는 품에서 푸른 소라를 꺼냈다. 자신의 귀걸이를 본 미유의 눈동자가 흔들렸다.

"제 귀걸이가 맞아요. 아티팩트라는 어마어마한 물건인 줄은 몰랐지만……."

"이지아가 설명했듯이 푸른 소라에는 특별한 권능이 깃들어 있다. 나에게 그 능력이 필요하다."

"앗! 혹시?"

미유가 소스라치듯 놀라며 눈을 동그랗게 떴다.

예기치 못한 그녀의 반응에 정단오와 이지아도 표정을 바꾸었다.

그녀가 갑자기 소리를 친 이유가 무엇일까? 설마 푸른 소라의 능력에 대해 알고 있는 것일까?

정단오는 기대감을 숨기지 않으며 질문을 던졌다.

"짚이는 게 있나?"

"이상한 점이 있긴 해요."

"이상한 점?"

"가끔 이명(耳鳴)이 들릴 때가 있었거든요. 병원을 가 봐도 아무 문제가 없다고 했는데……."

"이명이라면…… 귀에서 환청이 들렸다는 뜻이군."

"네."

"어떤 소리였지?"

"때마다 달랐어요. 어쩔 땐 아주 부드러운 파도 소리였고, 또 어쩔 때는 머리가 울릴 정도로 큰 소리가 들렸어요."

말을 주고받는 정단오의 표정이 사뭇 진지해졌다.

미유도 그동안 이유 없이 자신을 괴롭히던 이명의 정체를 파악할 수 있다고 생각했는지 적극적으로 대답을 해 줬다.

"파도 소리라면 푸른 소라의 능력일 텐데……."

혼잣말을 읊조린 정단오가 자리에서 일어났다. 그러곤 미유를 보며 진지하게 부탁을 했다.

"바로 돌아가고 싶은 마음은 이해한다. 하지만 몇 시간을 더 내줄 수 있겠나? 어쩌면 네가 도움이 될지도 모르겠다."

"제가 도움이 된다구요?"

"확실하진 않다."

"음……."

미유는 심각한 얼굴로 고민을 시작했다. 마음 같아선 당장 기획사와 매니저에 전화를 하고 집으로 돌아가고 싶었다.

그러나 자신을 구해 준 정단오의 부탁을 거절하기도 힘들었다. 게다가 대책 없이 돌아가면 언제 또 이런 일이 생길지 몰랐다.

아무리 경호를 강화해도 능력자의 세계를 알게 된 이상 불안할 수밖에 없었다.

그렇다고 화근이 된 푸른 소라를 버릴 수도 없는 노릇이었다.

결국 그녀는 선대의 유품을 지키기 위해 결단을 내렸다.

"알겠어요. 대신 한 가지만 약속해 주세요."

"말해라."

"이 귀걸이를, 그러니까 푸른 소라를 지킬 수 있게 해 주세요. 방송 활동을 하면서도 한 번도 뺀 적이 없는 귀걸이예요. 그만큼 소중한 거니까…… 꼭 도와주세요.”

“알겠다. 네가 나를 도와준다면 나도 당연히 너를 도울 것이다.”

이것으로 정단오와 미유 사이에 약속이 성립되었다.

이지아는 둘의 모습을 지켜보며 안도의 한숨을 쉬었다. 미유가 빨리 안정을 찾아서 다행이었다.

그때, 정단오가 미유에게 손을 내밀었다.

그는 의아해하는 미유의 얼굴을 쳐다보며 입을 열었다.

“아직 시간이 남았으니 실험을 해 보자, 네가 얼마나 도움이 될지.”

무슨 뜻인지 알 수 없어도 허투루 하는 말은 아닌 것 같았다.

미유는 이유 모를 전율을 느끼며 정단오의 손을 잡고 일어섰다.

그녀가 현실 너머의 세계로 발을 딛는 순간이었다.

2장
낚시

정단오와 이지아, 그리고 모자와 선글라스로 얼굴을 가린 미유가 인천공항에 들어섰다.

국제선 건물의 출국장에 도착한 그들은 평범한 여행객처럼 카페에서 커피를 테이크아웃 했다.

각자 아메리카노를 들고 벽에 기댄 일남이녀의 모습은 조금도 수상하지 않았다. 특별히 누군가에게 의심을 살 만한 분위기는 아니었다.

'지금쯤 도착했겠지.'

정단오는 오동수에게서 뺏은 비행기 티켓을 살펴보며 시간을 확인했다.

멕시코로 떠나는 비행기의 탑승 시간이 머지않았다.

정체불명의 의뢰인이 오동수와 약속을 했다면 이미 인천

공항에 나타났을 것이다.

정단오는 그 의뢰인이 같은 층에 있다는 추측에 모든 것을 걸었다.

물론 아무런 정보 없이 의뢰인을 색출하긴 힘들다. 설령 그가 국제선 층에 나타났어도 잡아낼 수 없을 것이다.

바로 그렇기 때문에 미유가 필요했다.

정확히는 미유가 가진 푸른 소라의 능력이 절실하게 필요했다.

"소리가 들리는가?"

"아직요."

정단오의 질문에 미유가 고개를 저었다.

그녀는 놀랍게도 푸른 소라를 다루는 능력을 선천적으로 타고났다.

이지아의 경우에는 정단오가 강제 각성을 시켜야만 했다. 하지만 그런 식의 각성이 먹히는 경우는 대단히 드물었다.

그러나 미유는 어려서부터 귀에서 이명을 들어왔고, 그게 사실은 푸른 소라의 능력이었다.

일정 범위 안에 능력자가 나타나면 파도 소리가 들리는 것이다.

파도의 세기가 강할수록 능력자의 힘도 강하다는 뜻이었다.

그녀는 알게 모르게 수많은 능력자들을 느끼며 그 힘의

크기까지 감지해 왔다.

하지만 스스로 자각한 능력이 아니기에 불완전하기 짝이 없었다.

특정한 상황에서만 우연히 발현되는 능력이란 뜻이었다.

원래라면 그녀가 원할 때 언제든 푸른 소라의 레이더 능력을 사용할 수 있어야 한다. 그러나 지금의 미유로서는 불가능한 일이었다.

그저 운에 의지하여 정신을 집중하는 수밖에 없었다.

"너무 부담 갖지 마라. 긴장하면 될 일도 안 되니까."

"그런 얼굴로 옆에 서 있는데 어떻게 부담을 안 가져요?"

미유는 정단오의 진지한 표정을 보며 볼멘소리를 내뱉었다. 그래도 몇 시간 동안 함께 있어서 처음보다는 편해진 것 같았다.

곧이어 이지아도 미유의 말을 거들었다.

"맞아요. 단오 씨가 조금 떨어져 있으면 자연스럽게 능력이 발동될지도 모르잖아요?"

"그러도록 하지."

정단오는 이지아를 따라 저벅저벅 움직였다.

미유에게서 어느 정도 떨어진 채 시간을 보내려는 것이다.

"하아—"

혼자 남은 미유가 심호흡을 했다.

그녀는 마음을 가라앉히며 정신을 집중하기 위해 애썼다.

정단오는 그런 미유의 모습을 눈여겨보며 내심 감탄하고 있었다.

불과 몇 시간 전까지만 해도 납치되었던 사람치고는 대단히 의연한 태도를 보였기 때문이다.

'역시 핏줄은 속이지 못하는 건가.'

그녀에게는 자랑스러운 독립군의 피가 흐르고 있다.

전쟁 같은 연예계에서 여성 솔로 가수로 우뚝 설 수 있었던 것도 핏줄의 영향인지 몰랐다.

어쨌거나 그녀는 또래 여자들과는 비교할 수 없을 만큼 담대했다.

'제대로 해내야 해. 그래야만 귀걸이를 지킬 수 있어.'

미유는 정단오의 시선을 느끼지 못하는지 다른 방향을 보며 미간을 찌푸렸다.

모자와 선글라스로 가렸어도 그녀의 가녀린 체구와 하얀 피부가 빛났다. 그래서인지 드문드문 그녀를 뒤돌아보는 사람도 있었다.

하지만 아직까진 정체가 탄로 나지 않았다.

혹시라도 누군가 미유를 보고 반응하기 전에 푸른 소라의 능력을 발동시켜야 했다.

'대체 어떻게 했더라? 그냥 가만히 있어도 파도 소리가 들리곤 했는데.'

초조함을 느낀 그녀가 입술을 깨물었다.

그러나 부담감은 능력을 발휘하는 데 하등 도움이 되지 않는다.

마음을 편하게 먹으려고 생각하는 것 자체가 정신 집중을 방해하고 있었다.

“저렇게 놔둬도 괜찮을까요?”

홀로 고군분투하는 미유를 보며 이지아가 질문을 던졌다.

정단오는 자신을 물끄러미 바라보는 이지아의 눈빛을 피하지 않았다.

“다른 수가 없지 않나.”

“차라리 단오 씨가 공항 전체를 돌아보는 게 어때요?”

“아무 단서 없이 이 넓은 공항을 뒤지는 건 너무 비효율적이다. 지금으로선 푸른 소라가 유일한 희망이다.”

“만약 미유가 뭔가를 느끼면 그 뒤엔 어떻게 할 건가요?”

“푸른 소라의 범위 안에 능력자가 들어오면 무조건 잡아낼 수 있다.”

“정말요?”

“물론이다. 난 푸른 소라의 감지 범위를 알고 있다. 그렇게 한정된 공간 안이라면 능력자를 잡아내는 건 일도 아니다.”

정단오의 음성에는 자신감이 넘쳤다.

푸른 소리가 발동되어서 능력자를 감지하기만 하면 뒷일은 책임지겠다는 뜻이었다.

문제는 두 가지였다.

정체불명의 의뢰인이 인천공항에 왔느냐, 그리고 미유가 시간 안에 푸른 소리를 발동시키느냐.

그러나 어느 것 하나도 지금 상황에서는 확답을 내릴 수 없는 문제였다.

정단오는 인내심을 최대한으로 발휘하며 시곗바늘을 쳐다봤다.

미유에게 시간을 준 것도 벌써 십 분 전의 일이다.

"미유는……."

그때, 이지아가 고개를 돌려 그녀를 찾았다. 혼자서 잘 하고 있는지 다시 확인하려는 것이다.

정단오도 자연스레 이지아와 같은 방향을 쳐다봤다.

"사라졌군."

곧이어 그의 입에서 충격적인 말이 흘러나왔다.

담담한 어조로 말하고 있지만, 정단오의 표정은 딱딱하게 굳어 있었다.

이지아도 놀란 얼굴로 사방을 두리번거렸다.

"어디로 간 걸까요? 설마 그냥 매니저에게 전화를 하고 나간 건 아닐까요?"

"잠깐 사이에 놓쳐 버렸군. 어처구니없는 일이다."

"얼른 찾아야죠!"

정단오는 어리고 약한 여자아이를 눈앞에서 놓쳤다는 사실에 황당해했다.

그녀가 도와주기로 약속했기 때문에 너무 방심한 게 탈이었다.

과연 미유는 뒤늦게 겁을 먹고 도망을 친 것일까, 아니면 다른 생각이 있는 것일까?

정단오는 현재 시각과 멕시코행 비행기 탑승 시간을 비교해 봤다.

"아직 시간이 있다. 일단 미유부터 찾는 게 좋겠다."

"공항 밖으로 나가진 않았겠죠?"

"글쎄. 확인해 봐야지."

말을 마친 정단오가 날카로운 눈빛을 뿜어냈다.

순간, 거짓말처럼 그의 안력이 극대화되며 주위를 관찰하기 시작했다.

사냥감을 노리는 독수리처럼 작은 부분 하나도 놓치지 않고 살펴보는 것이다.

"어때요? 뭔가 보여요?"

이지아가 기대감을 품고 물음을 던졌다.

이윽고 주위를 한 바퀴 둘러본 정단오가 고개를 끄덕였다. 그의 표정은 이전과 달리 조금은 부드러워져 있었다.

"찾았다."

"정말요? 어디에 있어요?"

"꽤 멀리 갔군. 아마 우리가 부담스러워 자리를 피한 것 같다. 그냥 모르는 척 놔두는 게 좋을지도."

"아, 다행이다. 완전 놀랬네."

설명을 들은 이지아는 한 숨을 쉬며 가슴을 쓸어내렸다.

미유는 겁을 먹고 도망친 게 아니었다. 다만 푸른 소라의 능력을 발동시키기 위해 최적의 장소를 찾아간 것이다.

정단오와 이지아로부터 완전히 떨어져야 편한 마음가짐으로 정신을 집중할 수 있다고 생각한 것 같았다.

'괘씸하지만 믿어 보도록 하지.'

미유의 위치를 파악한 정단오는 남몰래 미소를 지으며 그녀를 응원했다.

부디 담력만큼 푸른 소라를 다루는 능력도 뛰어나길 바랄 뿐이었다.

정단오와 이지아의 바람을 알고 있는 것일까?

미유는 이 상황에 몰입하며 파도 소리를 듣기 위해 무진 애를 쓰고 있었다.

하지만 자연스럽게 발동되던 능력을 의식적으로 구현하는 게 쉽지만은 않았다.

선천적으로 푸른 소라의 힘을 느껴 왔기에 오히려 능력이 꼭 필요한 순간엔 방해가 되는 것이다.

'손에 뭘 들고 있으니 더 안 되는 거 같아.'

미유는 손에 들고 있던 아메리카노를 버리기 위해 쓰레기통을 찾았다.

투욱.

커피를 버린 그녀가 다시 마음을 가다듬었다.

그 순간, 급하게 뛰어가던 누군가가 미유의 등을 치고 지나갔다.

탁!

"죄송합니다!"

탑승 시간이 늦어서인지 미유와 부딪친 남자는 뒤도 돌아보지 않고 멀어졌다.

갑작스레 충격을 받은 미유는 넘어지지 않기 위해 안간힘을 썼다.

그때, 거짓말처럼 귓가로 파도 소리가 들려왔다.

쏴아아아—

"응?"

겨우 중심을 잡은 미유가 고개를 갸웃거렸다.

공교롭게도 낯선 남자와 부딪쳐 충격을 받은 순간에 푸른 소라가 발동한 것이다.

"들렸어!"

흥분한 그녀가 저도 모르게 소리를 질렀다.

어딘지 익숙한 목소리를 들은 공항 승객들이 미유를 쳐다봤다.

그러나 정단오의 움직임이 더 빨랐다.

순식간에 거리를 좁혀 그녀에게 다가간 정단오가 사람들의 시선을 차단했다. 그러곤 곧바로 질문을 던졌다.

"들었나?"

"네. 파도 소리가 들렸어요!"

쏴아아아아—!

그때, 또다시 미유의 귀걸이가 오직 그녀만 들을 수 있는 소리를 토해 냈다.

"소리의 크기는?"

"커요. 평소보다 훨씬!"

"방향도 느낄 수 있겠나?"

정단오는 다소 무리란 걸 알면서도 미유의 눈동자를 바라봤다. 소리가 퍼진 방향까지 알 수 있으면 더 빨리 능력자를 찾아낼 수 있다.

"그, 글쎄요. 아마…… 저쪽?"

미유가 손가락을 들어 오른쪽을 가리켰다.

그녀가 가리킨 방향은 오동수가 탑승하기로 돼 있던 항공사의 체크인 지점과 겹쳤다.

정단오는 망설이지 않고 그쪽으로 몸을 날렸다. 푸른 소라가 감지한 능력자는 정체불명의 의뢰인이 분명했다.

'놓치지 않겠다!'

그의 눈에서 불길이 번쩍이는 것 같았다.

미유와 이지아는 입을 벌린 채 정단오의 뒷모습을 바라볼 수밖에 없었다.

그는 물 흐르듯 수많은 공항 승객들 사이를 비집으며 체크인 지점으로 달려가고 있었다.

보통 사람이 공항 안에서 뛰어다니면 무척 수상해 보일

것이다. 하지만 정단오의 동작은 부드럽고 유려하기 그지 없어서 사람들의 주목을 끌지 않았다.

단순히 빠르기만 한 게 아니라 은밀하고도 완벽한 순보(瞬步)였다.

'잡았다!'

달려가던 정단오의 눈에 생기가 돌았다.

미유가 지목한 방향에서 능력자의 기운을 감지한 것이다.

화악—!

그는 뒤돌아선 상대의 어깨를 잡아챘다. 혹시라도 실수하는 게 아닐까 하는 염려 따윈 없었다.

이 정도 거리에서 능력자의 기운을 잘못 알아챌 여지는 없었다.

"돌아서라."

낮게 깔린 정단오의 음성이 저승사자의 선고처럼 울려 퍼졌다.

이어서 갑자기 어깨를 잡힌 상대가 천천히 뒤돌아서며 정단오를 쳐다봤다.

"누구……?"

그는 난데없는 상황에 약간 당황한 것 같았다.

하지만 정단오는 상대의 반응을 신경 쓰지 않았다. 대신 빠른 속도로 그의 얼굴과 기운을 스캔했다.

'삼십 대 초반. 능력은 상급 이상. 이걸로는 정보가 부

족하다.'

파악을 마친 그가 다시 입을 열었다.

"오동수를 찾고 있나?"

"……!"

정단오가 오동수를 언급하자 상대의 표정이 눈에 띄게 굳어졌다.

이제 막 삼십 대를 넘긴 사내는 감정을 숨기는 데 능숙하지 못했다.

미유가 푸른 소리를 통해 느낀 것처럼 지닌 능력은 꽤 강하지만 정단오 앞에선 애송이에 불과했다.

"이야기를 나눠야겠다."

순간, 상대가 어깨에 올려진 정단오의 손을 쳐 내며 전광석화처럼 움직였다.

번개 같은 동작이 이어져 아차 하는 순간 사내를 놓칠 것 같았다.

그러나 정단오는 조금도 동요하지 않았다.

상대가 아무리 빠른 속도로 움직여도 그의 손바닥을 벗어날 수 없다.

콰악!

화살처럼 튀어 나가려던 상대의 뒷덜미가 정단오의 손에 의해 붙잡혔다.

"사람들의 시선을 끌고 싶은 건 아니겠지?"

차가운 목소리가 도망에 실패한 사내의 목덜미를 적셨다.

한 번 붙잡힌 이상 정단오의 손에서 벗어날 방법은 존재하지 않는다.

정체불명의 의뢰인은 고개를 푹 숙인 채 한숨을 내쉬었다.

인천공항 국제선 출국장.

이곳에서 드디어 사건의 실마리를 잡은 것 같았다.

* * *

미유는 계속해서 파도 소리를 듣고 있었다.

정단오가 잡아낸 삼십 대 초반 남자의 능력이 강했기에 푸른 소라에서 나는 소리도 꽤 컸다.

하지만 의문스러운 점이 있었다.

푸른 소라가 발동됐음에도 정단오의 기운은 전혀 느껴지지 않았다.

그래서인지 미유는 얼마 전부터 의문스러운 눈길로 그를 쳐다보고 있었다.

"김상현이 너를 안전하게 보호해 줄 것이다."

"네?"

그때, 정단오가 고개를 돌려 미유에게 말을 걸었다. 정체불명의 의뢰인을 찾았기에 더 이상 그녀의 도움이 필요하지 않았다.

서울의 소란을 가라앉히라면 얼른 미유를 돌려보내야 했다.

"김상현은 내 조력자다. 이번 일과 관련해서 더 알고 싶은 게 있다면 그에게 물어보도록."

"그럼…… 우린 다시 만날 수 있는 건가요?"

미유의 질문이 의외였던 듯 정단오가 잠시 할 말을 잃었다.

그러나 그는 곧 아무렇지 않은 얼굴로 입을 열었다.

"왜 그런 질문을 하는 건가?"

"너무 큰일에 휘말렸잖아요. 앞으로 또 이런 일이 없으라는 법도 없구요. 말했다시피 전 푸른 소라를 지켜야 해요."

"걱정하지 마라. 푸른 소라가 뺏기도록 놔두지 않을 테니. 그와 관련된 일로 날 만나길 원한다면 언제든지 김상현에게 말해라."

"알겠어요. 마지막으로 하나만 더 물어볼게요."

"뭐지?"

"푸른 소라가 당신의, 그러니까 단오 씨의 기운을 감지하지 못하고 있어요. 그쪽에선 어떤 파도 소리도 들리지 않아요. 왜 이런 거죠?"

"그건……."

예상 못한 질문에 정단오가 처음으로 말끝을 늘어트렸다.

그의 곁에 서 있던 이지아도 궁금하다는 얼굴로 귀를 쫑긋 세웠다.

"마스터!"

그때, 뒤늦게 나타나 저만치 떨어져 있던 김상현이 성큼성큼 다가왔다.

"늦었습니다. 미유 양을 모시고 돌아가야 될 것 같습니다."

"그러도록."

김상현 덕분에 정단오는 미유의 질문에 대답을 하지 않았다.

의도된 것인지 우연인지 몰라도 곤란한 질문을 넘긴 모습이었다.

"아…… 고, 고마웠어요."

김상현에게 붙들려 멀어지는 미유가 꾸벅 고개를 숙였다.

어쨌든 정단오가 없었으면 오동수에게 납치되어 험한 꼴을 봤을 것이다.

"우리도 고마웠어요. 다음에 또 봐요!"

무뚝뚝한 정단오 대신 이지아가 그녀의 인사를 받아 줬다. 그녀는 김상현에게도 손을 흔들어 준 뒤 정단오에게 잔소리를 건넸다.

"이왕이면 인사도 좀 받아 주고 그래요. 어쨌든 미유가 푸른 소라로 단오 씨를 도와줬잖아요."

"서로 도움을 주고받은 셈이지."

"아무튼요."

어쩌면 이지아는 정단오에게 핀잔을 줄 수 있는 유일한 존재인지도 모른다.

아니나 다를까, 정단오는 피곤하다는 듯 몸을 돌려 검은색 레인지로버를 쳐다봤다.

인천공항을 벗어나 영종도의 외딴곳에 세워진 레인지로버 뒷좌석에는 정체불명의 의뢰인이 의식을 잃은 채 묶여 있었다.

공항에서 그를 붙잡아 다소 험악한 방법으로 여기까지 데려 온 것이다.

푸른 소라가 감지한 것처럼 제법 강력한 능력을 지닌 상대도 정단오 앞에서는 어쩔 수 없었다. 그저 얌전히 기절하여 납치 아닌 납치를 당하는 것 외에는 선택지가 없었으니 말이다.

우득, 우드득—

정단오가 목을 까닥거리자 뼈 소리가 났다.

그는 팔을 돌리며 온몸을 풀었다. 그러곤 천천히 레인지로버로 다가갔다.

"이제 슬슬 시작해야겠군."

"어떻게 할 생각이에요?"

"간단하다. 의뢰인의 정체, 오동수에게 그런 지시를 내린 목적, 그리고 배후에 누가 있는지. 모든 것을 알아낼 생각이다."

"그렇게 쉽게 발설할까요?"

"말하도록 만들어야지. 그게 내 전공이다. 그리고 최후의 수단도 있지 않나."

"최후의 수단?"

"너다."

정단오가 손가락을 들어 이지아의 미간을 가리켰다.

심문이 잘 진행되지 않으면 그녀가 지닌 주시자의 눈으로 마음을 읽을 작정이었다.

물론 상대의 능력이 강할수록 주시자의 눈을 사용하기 힘들어진다. 지금의 이지아는 레인지로버 뒷좌석에 기절한 의뢰인의 마음을 읽어 내기 힘들지도 모른다.

그래도 정단오가 자신을 최후의 수단이라고 불러 주자 그녀의 기분이 괜히 좋아졌다.

"힘내요. 너무 부담 갖진 말구요. 최후의 수단인 이 몸이 있으니까."

스스로 말해 놓고도 민망한지 이지아가 멋쩍은 웃음을 터트렸다.

정단오는 그녀를 빤히 쳐다보다 레인지로버 문을 열었다.

오동수를 사주하여 김지훈을 죽이고 미유까지 납치시킨 정체불명의 의뢰인. 그의 모든 것을 알아내야 할 시간이었다.

이지아에게 힘든 일을 시킬 필요도 없었다.

정단오는 최선을 다해 의뢰인의 몸과 마음을 짓이겨 놓았다.

드디어 범죄의 실체로 향하는 꼬리를 잡았기에 열성을 다할 수밖에 없었다.

오동수에게 의뢰를 맡긴 남자.

그의 정체를 알게 된 정단오는 아무런 말도 하지 않았다. 그저 차가운 기운을 풀풀 풍기며 운전석에 앉았을 뿐이다.

“저 사람은 어떻게 할 거예요?”

이지아는 레인지로버 트렁크에 갇힌 남자의 처리를 물었다.

분위기가 너무 냉랭해서 심문의 결과를 물어볼 엄두는 나지 않았기 때문이다.

하지만 이어진 정단오의 대답은 더 무서운 것이었다.

“김상현에게 맡겨 처리할 생각이다. 눈에는 눈, 이에는 이. 그리고 죽음에는 죽음으로.”

“아…….”

오동수를 시켜 여럿을 죽인 악인이지만 막상 죽음을 전해 듣자 가슴이 뛰었다.

이 세계에 뛰어들었어도 이지아의 본질은 순진한 여대생이기 때문이었다.

그러나 정단오는 그녀의 마음을 배려해 줄 여유가 없었다.

의뢰인의 정체를 알아내면서 머리가 더욱 복잡해진 까닭이다.

'원로회……. 결국 내 예상이 틀리지 않았군.'

저도 모르게 입술을 깨문 정단오가 갓길에 차를 세웠다. 그러곤 김상현에게 전화를 걸었다.

삐이이—

건조한 통화 연결음이 울렸다.

이윽고 전화기 너머에서 김상현의 목소리가 들려왔다.

"네, 마스터. 지금 미유 양을 모셔다 드리는 길입니다. 혹시 걱정되어 전화를 하신 겁니까? 그렇다면 정말 의외입……."

"중요한 일이다."

정단오가 김상현의 말을 끊었다.

그 음성에 담긴 무게를 느꼈는지 김상현도 곧장 태도를 바꿨다.

"잠시 차를 세우겠습니다."

"그럴 필요 없다. 최대한 빨리 미유를 데려다 주고 나에게 와라."

"어디로 가면 되겠습니까?"

"상암."

"가서 연락드리겠습니다."

약속 장소를 정한 정단오는 다시 액셀을 밟으며 거칠게 차를 몰았다.

이지아는 영문을 모른 채 폭주에 시달려야 했다.

"대체 무슨 일이에요? 가만있으려고 했는데 단오 씨의 태도가 너무 이상해요. 트렁크에 실린 사람이 뭐라고 말했기에 이러는 거죠?"

"아직 말할 단계가 아니다.

"그런!"

"집에 데려다 줄 테니 얌전히 쉬고 있어라. 밖으로 나오지 말고."

정단오는 이지아가 다른 소리를 못하도록 강한 어조로 말을 끝맺었다.

워낙 강경한 태도와 목소리에 실린 위엄 때문에 이지아도 토를 달지 못했다. 그저 입술을 내밀며 불만스런 기색을 표출 할 뿐이었다.

부와아아앙—!

정단오 역시 마음이 불편하긴 마찬가지였다.

그래서일까?

엔진 소리로 불편한 침묵을 묻으려는 듯 레인지로버가 야생마처럼 고속도로를 질주했다.

차가 막히지 않으면 영종도에서 강남의 펜트하우스까지 가는 데 오랜 시간이 걸리지 않는다.

"……."

둘은 다른 대화를 나누지 않고 조용히 있었다.

트렁크에 실린 의뢰인도 완전히 의식을 잃었기에 자동차 소음만이 귓가를 채웠다.

그렇게 불편한 질주가 얼마나 계속됐을까?

강남의 펜트하우스 앞에 다다른 정단오가 레인지로버를 세웠다.

“내려라.”

“안 그래도 내릴 거였어요.”

“심통이 났군.”

“아무 말도 안 해 주니 답답해서 이러죠.”

“때가 되면 모두 알려 주겠다. 오늘은 나오지 말고 얌전히 있도록.”

“치.”

이지아는 일부러 조수석 문을 세게 닫았다.

물론 정단오가 이야기를 해 주지 않는 데에는 그럴 만한 이유가 있을 것이다.

하지만 왠지 모르게 섭섭한 마음이 드는 건 어쩔 수 없었다.

정단오는 아파트 입구 안으로 들어가는 이지아의 뒷모습을 가만히 지켜보았다.

그녀가 왜 삐쳤는지 그도 모르지 않았다. 하지만 워낙 심각한 사안이기에 생각을 정리할 시간이 필요했다.

그는 곧 머리를 저으며 핸들을 부여잡았다.

김상현과 만나기로 한 상암으로 움직여야 했다.

액셀을 밟는 그의 눈동자 위로 원래의 냉정함이 떠오르고 있었다.

띠이— 띠이이—

그때, 정단오의 전화기가 벨소리를 토해 냈다.

손가락을 뻗어 통화 버튼을 누른 그는 상대가 말을 꺼내기도 전에 본론을 들이밀었다.

"어디쯤인가, 김상현."

"상암으로 가고 있습니다, 마스터."

"미유는?"

"기획사 근처에 내려 줬습니다. 아마 이런저런 질문을 받느라 곤욕을 치를 것 같습니다."

"똑똑해 보였으니 알아서 잘 처신할 것이다. 경계를 강화하도록."

"그렇지 않아도 A급 여럿을 특별히 움직여 미유 양을 전담하게 만들었습니다. 오늘처럼 불미스러운 일은 다시 일어나지 않을 겁니다. 죄송합니다."

"오늘 일은 네 잘못이 아니었다. 게다가 오동수를 움직인 자를 찾았으니 이득이 크다."

"그자는 지금……."

"트렁크에 실려 있다."

"살아는 있습니까?"

"아직까지는."

"네. 나머진 제가 처리하도록 하겠습니다. 그럼 상암에서 뵙지요."

"알겠다."

통화를 마친 정단오가 차창 너머의 하늘을 올려다봤다.

검게 물든 하늘이 오늘따라 더욱 어두워 보였다. 어쩌면 그의 심사가 투영됐기 때문인지도 몰랐다.

'많은 것이 달라지겠군.'

정단오는 의식을 잃고 트렁크에 갇혀 있는 의뢰인을 떠올렸다.

시한폭탄의 발파 장치가 점점 불꽃에 타들어 가는 기분이었다.

연쇄 폭발이 일어날 순간이 머지않았다.

* * *

상암은 월드컵 경기장과 한강 조망권의 아파트들로 유명한 동네다.

하지만 커다란 공원을 비롯해 은근히 알려지지 않은 으슥한 장소가 많았다.

정단오와 김상현은 인적이 드문 곳에 차를 세우고 은밀한 회동을 가졌다.

딸칵—

레인지로버의 트렁크가 열리자 축 늘어진 남자의 모습이 드러났다.

인천공항에서의 깔끔한 모습은 온데간데없었다.

"엉망이 됐군요."

"입을 열지 않기에 손을 많이 썼다."

"그래도 이런 자를 심문하는 게 쉽진 않았을 텐데, 대단하십니다."

"알지 않나, 인간의 고통에는 끝이 없다는 것을."

정단오의 말을 들은 김상현은 피부에 소름이 돋는 걸 느꼈다.

불멸의 세월을 살아온 정단오가 작심하고 고문을 시작하면 누구도 버티지 못할 것이다.

그것을 몸소 체험한 트렁크 안의 사내가 불쌍해질 지경이었다.

"그래서…… 정말로 확신하고 계십니까?"

"확실하다."

"정말 이 사람이……."

"그래, 원로회다."

원로회.

능력자 세계의 룰을 만들고 통치하는 최고 권위의 집단.

모든 능력자들은 원로회의 룰과 통치에 따라야 한다.

그들의 뜻을 거스르면 암흑가의 용병이 되어 햇빛을 피해 사는 수밖에 없었다.

쉽게 말해 원로회는 능력자 세계의 UN이나 마찬가지였다. 다른 점이 있다면 UN과 달리 강력한 강제성을 지니고 있다는 사실이다.

정단오는 처음부터 원로회의 개입을 의심했다.

그들이 묵인하지 않은 상황에서 독립군의 후손들이 줄줄이 죽어 나갈 수 있을까?

결국 그의 의심은 진실인 것으로 확인됐다.

오동수를 움직여 김지훈을 죽인 의뢰인이 스스로를 원로회 소속이라고 밝혔기 때문이다.

"그럼 이자는 어떻게……."

"죽여라. 어차피 더 알아낼 건 없다."

"꼬리에 불과하군요."

"빤하지 않나."

김상현은 고개를 끄덕이며 손수 트렁크를 닫았다. 그러곤 고개를 돌려 정단오의 눈을 마주 봤다.

"마스터, 이제 어떻게 하실 겁니까? 능력자와 원로회의 개입이 확인됐으니 저도 더는 드릴 말씀이 없습니다."

"내게 남은 선택은 하나뿐이다."

"어떤?"

"전쟁이다."

정단오가 전쟁을 선포했다.

그것도 세계의 능력자를 아우르는 원로회와의 전쟁이었다.

만약 한 개인이 UN이나 NATO를 상대로 전쟁을 선포하면 어떻게 바라볼까?

다들 미친놈이라고 비웃을 것이다.

하지만 김상현은 심각한 얼굴로 고개를 끄덕이고 있었다.

그의 눈앞에 서 있는 남자는 불멸의 마스터라고 불리는 사람이다.

그가 마음을 먹으면 원로회와의 전쟁도 불가능한 일은 아닐 것 같았다.

그러나 마냥 정단오에게 모든 것을 맡길 수만은 없었다. 그에게 현실적인 조언을 해 주는 것이 김상현의 역할이었다.

그는 입안이 바싹 말랐지만, 억지로 말을 붙였다.

"마스터, 전쟁에서 가장 중요한 것은 전략입니다. 잘 알고 계시겠지만……."

"무슨 말이 하고 싶은 건가?"

"지금 이 남자 하나만으로는 원로회를 건드리기 힘듭니다. 어디서부터 어떻게 전쟁을 시작할지 철저하게 분석해야 합니다."

"맞는 말이다."

정단오는 선뜻 고개를 끄덕였다.

분노에 휩싸였어도 냉정함을 잃지 않는 게 그의 무서운 점이었다.

더 놀라운 것은 그가 이미 대략적인 그림을 구상했다는 사실이었다.

"설마……."

김상현은 정단오의 표정을 보고 한 가지 추측을 했다.

제발 예상이 빗나가길 바랐지만 정단오는 거리낌 없이

입을 열었다.

"선비촌과의 약속을 지킬 생각이다. 별 도움은 못 됐지만 약속은 약속이니. 게다가 거기서부터 원로회와의 전쟁이 시작될 것 같군."

"원로회의 아티팩트 보관소를 공격하겠다는 말씀이십니까?"

"왜 아니겠나. 거기서 선비촌의 숙원인 유림본서를 찾아 줄 생각이다. 덤으로 독립군 후손들이 지니고 있던 다른 아티팩트가 있는지도 살펴볼 것이다."

정단오와 선비촌은 유림본서를 찾아 주는 조건으로 동맹을 맺었다.

그는 이참에 원로회의 보관소를 습격해 유림본서는 물론이고, 다른 아티팩트를 일일이 확인할 작정이었다.

만약 보관소에 독립군 후손들의 아티팩트가 있다면 그냥 넘어갈 수 없는 문제였다.

원로회가 아티팩트를 얻기 위해 독립군 후손들을 죽였다는 증거가 되기 때문이다.

어차피 누구도 믿을 수 없는 상황에서 확인을 하려면 직접 움직이는 수밖에 없다.

정단오는 너무 깊이 생각하지 않기로 마음먹었다.

우물쭈물하는 사이 또 누군가를 잃을지도 모른다.

그럴 바에는 원로회든 뭐든 정면으로 부딪치며 돌파하는 게 훨씬 나을 것이다.

"마스터……."

김상현은 할 수만 있다면 정단오를 말리고 싶었다.

이미 돌이킬 수 없다는 사실을 직감하면서도 마지막으로 그를 쳐다봤다.

그러나 정단오의 얼굴은 담담하기 그지없었다.

이미 전쟁을 기정사실로 받아들이고 평정을 찾았다는 뜻이다.

김상현도 더 이상의 설득이 무의미하다는 것을 납득했다.

"후우, 알겠습니다. 마스터의 뜻이 확고하다면 최선의 방법을 찾는 게 저의 일이겠지요."

"원로회와 척을 지는 게 겁난다면 함께하지 않아도 된다."

"섭섭한 말씀하지 마십시오. CIA를 나오던 순간부터 마스터에게 도박을 건 몸입니다."

"내가 너에게 줄 수 있는 게 무엇인지 모르겠군."

"제 몸에도 한국인의 피가 흐릅니다. 게다가 만에 하나 마스터가 원로회를 박살 내면 능력자 세계가 완전히 재편되겠지요. 그때는 콩고물이라도 떨어지지 않겠습니까? 하하."

김상현은 능글맞게 웃었지만, 그 안의 진심이 속속들이 보였다.

그는 처음 인연을 맺었을 때부터 정단오라는 인간에게

완전히 매료됐다.

흔히 말하는 소울 메이트가 바로 이런 것일까?

정단오도 김상현의 진심을 알기에 더는 만류하지 않았다.

둘은 서로를 바라보며 고개를 끄덕였다.

어마어마한 사고를 치겠다고 결심했지만 불안감 따윈 드러내지 않았다.

그저 굳건한 신뢰가 느껴질 뿐이었다.

* * *

원로회는 주요 국가마다 아티팩트 보관소를 두고 있다.

특별한 힘이 담긴 아티팩트를 세상에 풀어 두면 모두 위험해진다는 게 명분이었다.

물론 처음에는 좋은 의도로 아티팩트를 수거하고 보관했다.

그러나 세월이 지나면서 실상은 달라지기 마련이다.

현재에 이르러 원로회의 수뇌부가 아티팩트를 모으는 데 집착한다는 건 공공연한 비밀이었다.

이유는 간단했다.

뛰어난 아티팩트는 돈과 권력으로 직결되기 때문이었다.

은밀한 소문이지만 원로회가 세상의 권력자들과 정보 단체에 아티팩트를 빌려 준다는 말도 떠돌았다.

물론 그 대가로 엄청난 돈과 사회적 권력을 요구했음은 당연한 일이다.

정단오는 그러한 아티팩트 보관소를 공격할 계획이었다.

원로회가 중요하게 생각하는 곳이니 얼마나 철저하게 보호되고 있을지는 말할 필요도 없었다.

아무리 정단오라고 해도 상식적으로는 죽을 자리를 찾아가는 것이나 다름없었다.

A급 능력자들로 이루어진 용병 단체도 아티팩트 보관소를 뚫지 못한 전력이 있다.

일개 개인이 넘볼 만한 시설이 아닌 것이다.

그렇기 때문에 정단오도 철저히 준비를 해야 했다. 무턱대고 돌입해서 일을 그르칠 가능성을 높이고 싶지는 않기 때문이었다.

물론 애초에 아티팩트 보관소를 털겠다는 발상 자체가 무모하기 짝이 없는 것이지만 말이다.

"자료는 준비됐나?"

"물론입니다, 마스터."

여느 때처럼 펜트하우스에서 이지아가 내려 준 커피를 마신 정단오가 입을 열었다.

식탁 맞은편에는 김상현이 랩탑 컴퓨터를 들고 앉아 있었다.

오늘은 김상현의 고급 정보를 바탕으로 아티팩트 보관소를 공격하기 위한 회의를 하는 날이었다.

"위치부터 시작하지."

"그게 제일 알아내기 어려운 정보였습니다만, 하하하."

"그래서 어디인가?"

"대략적인 위치는 전라북도로 확인됐습니다. 그러나 자세히 접근하는 건 불가능합니다. 마스터께서 직접 부딪치셔야 할 문제입니다."

"당연하다. 어쨌든 전북으로 좁혀졌다는 것이군."

"네. 전북에서도 몇 개의 의심 지역을 뽑아 놓았습니다."

"좋다."

정단오는 만족한 듯 고개를 끄덕였다.

짧은 시간 안에 이 정도 정보를 알아낸 건 정말 대단한 일이었다.

역시 CIA의 별종이라 불린 김상현다웠다.

"예상되는 경호 인력은 어느 정도인가?"

"이게 본론이지요. 잠시 심호흡부터 하겠습니다. 후아—!"

김상현은 작심한 것처럼 숨을 크게 들이마셨다.

아티팩트 보관소의 경호 정도를 말하는 것만으로도 간담이 서늘해질 지경이기 때문이었다.

"먼저 보관소 전역에 역장 시스템이 설치돼 있을 겁니다."

"역장이라면?"

"능력의 발동을 억제하는 장치입니다. 보관소 안에서 마스터의 힘을 100% 발휘하시려면 역장 시스템부터 노려야 합니다."

"번거롭군."

"원로회가 그리 만만하게 준비를 하는 집단은 아니니까요. 역장 시스템은 시작에 불과합니다."

"계속해라."

"최소한으로 잡아도 수십 명의 능력자가 상시 대기 중일 겁니다. 그중에서 열 명 정도는 A급, 또 경우에 따라서 S급도 포함돼 있을지 모릅니다."

"확실히 만만하지는 않군."

"그래서 마스터께 건의드리고 싶은 게 있습니다."

김상현이 목소리를 낮게 깔았다.

그는 중요한 부탁을 할 때마다 진지한 모습을 보여 왔다.

정단오는 고개를 돌려 김상현의 눈을 쳐다봤다.

무슨 이야기든 상관없으니 허심탄회하게 해 보라는 뜻이었다.

"외람되지만…… 강원도 선비촌의 힘을 빌리는 게 어떻겠습니까?"

"선비촌을?"

"어차피 그들도 유림본서를 찾는 데 목을 맨 상황입니다. 마다하지 않을 겁니다."

"그러나 선비촌은 세상에 능력을 드러내지 않는 조건으

로 은거한 자들의 집단이다. 선대로부터 내려온 룰을 깨지 않을 것이다."

"그 룰을 누가 만들었습니까? 원로회에 의해 억지로 은거한 것이나 다름없지 않습니까? 마스터께서 나서서 새로운 질서를 만들겠다고 말하면 달라질 겁니다. 사실 선비촌에서 사람을 보내 오동수의 뒷조사를 한 것부터가 룰 위반입니다."

"틀린 말은 아니로군."

정단오는 깊은 고민에 빠진 듯 보였다.

선비촌이 나선다면 아티팩트 보관소를 공격하는 것뿐 아니라 장기적으로 큰 도움이 될 터였다.

그러나 쉽게 결정할 일은 아니었다.

오랜 침묵을 깨고 전쟁터로 나오라는 말을 어찌 가볍게 할 수 있겠는가.

째깍째깍.

침묵 속에서 시곗바늘만 원래 속도로 움직였다.

김상현은 말없이 정단오를 기다려 줬다. 어설픈 말로 그를 설득시키려 노력하지도 않았다.

정단오는 누구보다 사려 깊고 신중한 사람이다. 김상현은 정보와 의견을 제시하는 조력자일 뿐, 모든 결정은 그 스스로 내리는 것이다.

"그렇다면……."

시간이 얼마나 지났을까?

고민을 끝낸 정단오가 입을 열었다.

김상현은 기대와 우려가 뒤섞인 눈길로 정단오를 바라보았다.

곧이어 그의 붉은 입술에서 뜻밖의 말이 튀어나왔다.

"선비촌에 스스로 선택할 수 있는 기회를 주겠다. 그것이면 충분할 테지."

3장
동맹군

정단오는 원로회의 아티팩트 보관소를 습격하기로 작정했다.

대략적인 위치는 전라북도.

자세한 사항은 김상현과 함께 움직이며 직접 알아내야 한다.

하지만 그전에 먼저 처리해야 할 일이 있었다.

그는 선비촌에게 선택의 기회를 줄 생각이었다. 그들이 원한다면 연합전선을 구축할 것이다.

저벅저벅.

무거운 발자국 소리가 이어졌다.

정단오는 일전에 찾아왔던 강원도 선비촌을 향해 걷고 있었다.

이곳은 몇 번을 다시 와도 익숙해지기 힘들 만큼 외딴 오지였다. 지도에도 나와 있지 않고 위성 카메라로도 감지할 수 없는 대한민국 안의 또 다른 세계.

이런 산골에 터를 잡고 그 오랜 세월을 버텨 왔다는 게 신기할 따름이었다.

“뉘시오?”

얼마나 걸었을까?

저만치 앞쪽에서 익숙한 목소리가 들려왔다. 정단오는 말없이 걸음을 재촉했다.

“어엇!”

그의 얼굴을 알아본 상대가 탄성을 흘렸다.

선비촌 사람들에게 있어 정단오는 잊을 수 없는 존재였다. 상상을 초월하는 능력으로 강한 인상을 남겼기 때문이다.

“촌장을 만나러 왔다.”

“자, 잠시만 기다리시오.”

인사를 생략한 채 용건을 전한 정단오는 마을 입구에 혼자 남았다.

이윽고 선비촌 안으로 사라졌던 사람이 후다닥 달려 나왔다.

“촌장님께서 안으로 모시라고 하셨소.”

“앞장서라.”

마을 입구를 지키던 사내를 따라 내부로 들어서자 일전

에 봤던 사람들이 여기저기에 서 있었다.

어찌 됐든 초면은 아니지만 선비촌 사람들은 여전히 신기하다는 눈길로 정단오를 쳐다봤다.

끼이익—

촌장의 집에 다다른 그가 거침없이 문을 열었다.

작은 방 안에는 그사이에 더 늙은 것 같은 촌장이 앉아 있었다.

"오셨구려."

"잘 지냈나."

"보다시피 늘 이렇게 지내외다. 바깥세상에서 한승이를 만났다는 이야기는 들었소."

"그와 관련해서 할 이야기가 있다."

젊어 보이는 정단오가 백발이 성성한 촌장에게 하대를 하는 광경은 참으로 기묘했다.

그러나 둘은 전혀 개의치 않는 듯 대화를 이어 나갔다.

"원로회의 개입을 확인했다. 그래서 일전의 약속을 지킬 생각이다."

"유림본서를 찾아 주겠다는 말이시오?"

"그렇다. 내가 직접 약속하지 않았나."

"역시…… 괜히 불멸의 마스터라고 불리는 게 아니구려."

"유림본서는 원로회의 아티팩트 보관소에 있을 것이다. 그리고 나는 보관소를 습격할 생각이다."

"허어!"

촌장은 뜻밖의 말에 놀란 듯 탄성을 터트렸다.

유림본서가 아티팩트 보관소에 있을 거라는 추측도 놀라웠고, 그곳을 습격하겠다는 말은 더더욱 놀라웠다.

이는 능력자들의 세계를 다스리는 원로회에 선전포고를 하는 것이나 다름없었다.

"방금 하신 말씀이 무엇을 뜻하는지 알고 계시리라 믿소."

"내가 허언을 하는 사람으로 보이는가?"

촌장은 정단오의 말에 어떤 대답도 할 수 없었다.

눈앞에 앉아 있는 사람이 어떤 존재인지 알고 있었기 때문이다.

과연 사람이라고 말해도 될까 싶을 정도로 세계의 상식을 거스르는 존재. 불멸의 권능을 손에 넣은 능력자의 짙은 눈동자가 보였다.

도저히 말도 안 되는 일이지만 정단오라면 가능할 것도 같았다.

원로회의 아성을 무너트리고 아티팩트 보관소에서 유림본서를 되찾는다. 이 불가능한 시나리오가 현실로 다가오는 느낌이었다.

"너희에게 선택권을 주겠다. 나와 함께 원로회에 맞서겠나? 아티팩트 보관소에서 직접 유림본서를 확인해라."

"우리의 원칙을 알지 않소."

"어차피 원로회를 의식해 만든 룰이잖나. 그 원칙을 만든 주체와 싸우는 일이다."

"선비촌을 세상으로……."

촌장은 전혀 생각해 보지 못한 미래를 그리며 신음을 흘렸다.

정단오의 말대로 선비촌이 은거에 들어간 가장 큰 이유가 원로회였다.

그들에게 대항하는 일이라면 굳이 룰에 얽매이지 않아도 될 것 같았다.

더구나 유림본서를 찾으면 선비촌의 정통성과 기강을 확립할 수 있게 된다.

그 뒤에는 선비촌에서 자라나는 아이들에게 자유로운 미래를 선물하고 싶었다.

물론 쉽게 결정할 수 있는 일은 아니었다.

그동안의 세월은 선비촌을 은거 생활에 완전히 적응시켜 놓았다.

당연히 심도 있는 토론과 논의가 필요할 것 같았다.

"시간을, 시간을 줄 수 있겠소이까?"

"얼마나 기다리면 되나? 그리 많은 시간을 허락할 순 없다."

"하루면 충분하외다."

"좋다. 여기서 기다리지."

"거처를 마련해 드리겠소이다."

촌장은 정단오가 쉴 수 있는 작은 암자를 제공했다. 그러곤 선비촌의 주요 인물들을 불러모았다.

이제까지의 룰을 깨고 세상으로 나가느냐를 결정하기 위해서였다.

아마 선비촌 역사상 가장 뜨거운 논쟁이 될 것이다.

정단오는 조급해하지 않고 암자에서 휴식을 취했다. 그는 선비촌의 도움에 목을 매지 않았다.

그들이 나서지 않겠다면 혼자서라도 아티팩트 보관소를 공격할 생각이기 때문이었다.

그는 누군가의 힘을 빌려야만 움직이는 존재가 아니었다.

선비촌에게 제의를 한 건 말 그대로 기회를 주는 것이었다. 그렇기에 지금처럼 편한 마음가짐을 유지할 수 있었다.

'밤이 깊어지는군.'

조명이 없어서 더욱 캄캄한 밤이었다.

정단오는 서울에선 보기 힘든 별을 헤아리며 눈을 감았다.

아침이 밝으면 어느 쪽으로든 결론이 나 있을 터. 그는 복잡한 생각을 지우고 오랜만에 단잠을 청했다.

워낙에 공기가 좋은 곳이라 그런지 잠도 잘 오는 것 같았다.

산 너머로 붉은 해가 떠올랐다.

정단오는 동이 트자마자 눈을 떠서 아침의 기운을 받아들였다.

선비촌의 시간은 해가 뜨는 것과 함께 시작됐다.

이른 시간이지만 곳곳에서 밥 짓는 연기가 피어오르고 있었다.

정단오가 머문 암자 주위에도 인기척이 느껴졌다.

스르륵—

문을 열고 나온 정단오는 길게 숨을 들이마셨다.

청명한 공기가 폐 깊숙이 들어오며 정신을 맑게 만들어 주는 것 같았다.

"후우!"

예전에는 신비로운 권능을 내공이나 기라고도 불렀다.

확실히 그러한 기운은 자연 친화적이었다.

삭막한 도시를 떠나서 오지나 다름없는 선비촌에 오자 몸속의 흐름이 원활해졌다.

저벅저벅.

정단오가 맑은 공기를 만끽하고 있을 무렵, 누군가 암자로 다가왔다.

그는 일전에 서울에서 만났던 유한승이었다.

촌장 밑에서 선비촌의 대소사를 관장하는 그가 입을 열었다.

"촌장님께서 모시라고 하셨소."

"회의는 끝났나?"

"밤새 격론이 이어졌고, 새벽과 함께 모두의 뜻을 하나로 모았소."

"그렇군."

정단오는 담담하게 고개를 끄덕였다.

선비촌이 어떤 결정을 내리든 크게 개의치 않는 것 같았다.

유한승은 그를 보며 남몰래 고개를 내저었다. 이해하려고 노력해도 도무지 이해할 수 없는 사람이었다.

몇 백 년의 세월을 살면 모두 저렇게 되는 것일까?

어떤 측면에서는 정단오의 뒷모습이 한없이 고독해 보이기도 했다.

끼이이익—

암자를 벗어나 촌장의 거처에 이르자 문이 열렸다.

선비촌의 원로들과 함께 문을 열고 나온 촌장의 얼굴은 한결 수척해 보였다.

겨우 하룻밤 사이에 몇 년은 더 늙은 것 같았다.

그만큼 중요한 회의였고, 엄청난 결단을 내렸다는 뜻이었다.

"결정을…… 내렸소이다."

촌장이 마른 입술을 달싹거렸다.

정단오는 무표정한 얼굴로 그를 응시했다. 그리곤 건조한 목소리로 질문을 던졌다.

"선비촌의 선택은 무엇인가?"

"우리는 이제껏 지켜 온 전통과 풍습을 수호할 것이오. 하나 우리의 아이들에게는 미래를 선택할 수 있는 자유를 허락하고 싶소이다."

"그 말은?"

"그렇소. 만약 마스터, 당신이 나타나지 않았다면 절대 해보지도 못했을 생각이지만…… 원로회에 맞서 새로운 질서를 만드는 데 힘을 보태겠소이다. 물론 그 과정에서 유림본서를 찾는 것부터 도울 작정이오."

정단오는 말없이 촌장과 원로들을 돌아보았다.

한복을 입고 상투를 틀어 올렸지만 무시할 만한 사람들이 아니었다.

어쩌면 이들이야말로 한국의 진정한 힘을 계승한 사람들인지 모른다.

정단오는 자신이 처음 이 땅에 태어났던 그때, 임진년이 닥치기 전의 아득했던 조선을 떠올렸다.

선비촌과 함께하면 지금은 희미해진 조선의 기억이 살아날 것 같았다.

처억.

그가 촌장에게 손을 내밀었다.

비현실적으로 새하얀 손이 말보다 많은 것을 전하고 있었다.

촌장은 굳은살과 주름으로 뒤덮인 손을 마주 내밀었다.

꽈아악—

정단오와 촌장이 악수를 나눴다.
단순히 아무렇게나 하는 손인사가 아니었다. 이로써 선비촌이 정단오와 동맹을 맺은 것이다.
"나의 세계에 온 것을 환영한다."
정단오의 묵직한 음성이 선비촌 전체를 일깨우는 것 같았다.
촌장은 그를 똑바로 바라보며 나지막이 말했다.
"우리 아이들의 미래를 부탁하외다, 불멸의 마스터여."
능력자의 룰로 다스릴 수 없는 유일무이한 존재, 정단오.
스스로의 의지로 룰에서 벗어나 은거해 있던 유일한 집단, 선비촌.
오랜 세월을 거슬러 둘이 손을 맞잡았다.
목표는 하나.
원로회의 진실을 파헤치고 새로운 질서를 만드는 것이다.
아직은 아무도 모르고 있지만, 능력자의 세계를 뒤흔들 폭풍이 잉태된 순간이었다.

* * *

선비촌과 동맹을 맺은 정단오는 곧장 서울로 돌아왔다.
강원도 산 구석에서 은둔 생활을 고수하던 선비촌의 능

력자들도 머지않아 서울로 올 예정이었다.

그들은 마을의 정예를 추려 정단오에게 보내겠다고 약속했다.

김상현의 준비가 끝나고 선비촌의 사람들이 도착하는 날, 정단오는 망설임 없이 원로회의 아티팩트 보관소를 공격할 것이다.

"아이고, 이러다 정말 명이 짧아지겠습니다. 매일 같이 밤을 새고 있으니……."

아지트인 펜트하우스에서 김상현이 앓는 소리를 했다.

그는 아티팩트 보관소에 대한 정보를 수집하기 위해 각고의 노력을 다하고 있었다.

CIA 시절의 인맥 등 가능한 모든 방법을 동원해 정보를 모으는 중이었다.

"여기 커피라도 마시세요."

"지아 씨 덕분에 버티고 있습니다, 하하."

이지아가 손수 드립한 커피를 건네주나 김상현이 웃음을 터트렸다.

그나마 둘이 주고받는 대화가 펜트하우스의 분위기를 밝게 만들어 줬다.

만약 정단오와 김상현만 있었으면 삭막하기 그지없었을 것이다.

"단오 씨는 커피보다 차를 더 좋아하죠?"

이어서 이지아가 깊게 우려낸 녹차를 정단오에게 건네주

었다.

펜트하우스에서 함께 지내며 그의 취향을 파악했기 때문이다.

“고맙다.”

“어? 그런 인사는 처음 들어보는 것 같은데요?”

평범하다면 평범할 수 있는 말이지만, 정단오는 웬만해선 감정 표현을 하지 않았다.

이지아는 신기한 듯 눈을 반짝이며 정단오를 쳐다봤다.

그러나 거기까지였다.

평소처럼 무뚝뚝한 표정으로 차를 마신 정단오는 다시 입을 닫았다.

선비촌과의 동맹 등 생각할 거리가 많은 것 같았다.

“칫.”

괜히 심통이 난 이지아가 소파에 앉았다.

두 사람이 원로회와 관련된 일로 바쁜 데 비해 그녀는 한가한 편이었다.

다른 일도 아니고, 아티팩트 보관소를 습격하는 일에 이지아가 나설 부분은 없었다.

무엇보다 정단오가 그녀에게 위험한 일을 맡기려 들지 않았다.

‘심심해…….’

이지아는 리모컨을 만지작거리며 입을 삐죽거렸다.

정단오와 김상현이 얼마나 중요한 일을 준비하는지는 잘

알고 있었다.

하지만 자신이 도와줄 구석이 없다는 게 괜스레 서운했다.

스륵, 스르륵—

타다다닥!

넓은 집 안이 서류 넘기는 소리와 키보드를 두드리는 소리로 가득 찼다.

"에이, 난 바람이나 쐬고 올게요."

결국 무료함을 이기지 못한 그녀가 자리에서 일어났다.

하나 그녀는 미처 알지 못했다. 무료하고 평범한 일상이 얼마나 소중한 것인지를.

*　　*　　*

이지아는 혼자서 펜트하우스를 지키고 있었다.

김상현과 정단오는 선비촌 사람들을 맞이하기 위해 밖으로 나갔다.

오늘이 강원도 오지에 숨어 있던 선비촌의 능력자들이 도착하는 날이었다.

그들을 은밀하게 이동시키고 은신처까지 데려오는 건 쉬운 일이 아니었다.

그렇기 때문에 정단오도 김상현과 함께 나선 것이다.

"오늘은 뭘 하면서 시간을 때워 볼까?"

잠옷 차림에 머리를 대충 묶은 이지아가 소파에 드러누웠다.

커피를 드립하고 좋아하는 라디오 프로그램을 들었지만, 아직 오후 2시였다.

정단오는 언제 돌아올지 모르고 하루는 많이 남았다.

특수한 상황이기에 예전처럼 자유롭게 나가서 친구들을 만나기도 힘들었다.

펜트하우스 주위를 벗어날 수 없기에 더욱 답답한 게 사실이었다.

"휴우."

결국 그녀가 깊은 한숨을 내쉬었다.

언제쯤 이런 생활이 끝날까?

가난했지만 자유로웠던 지난 시간이 그리워질 것 같았다.

정말 일 년, 또는 이 년 안에 긴 싸움이 끝나고 일상으로 돌아갈 수 있을까?

독립군의 후손이라는 이유로 목숨을 위협당하지 않아도 되는 세상이 올까?

오랜만에 복잡한 생각이 들었다.

"에잇, 이래 봐야 아무 소용 없잖아."

한동안 말없이 고민하던 그녀가 고개를 내저었다. 답 없는 상념을 털어 버리려는 것이었다.

삐익!

기분 전환에는 역시 TV가 최고였다.

그녀는 인기 예능 프로를 보며 아무 생각 없이 웃고 싶었다.

케이블 채널에서는 인기 있는 예능 프로그램이 재방송되고 있었다.

이지아는 손수 내린 커피를 홀짝이며 TV 화면에 빠져들었다.

조금 전까지 답답했던 마음이 조금이나마 풀리는 것 같았다.

띵동—

그때, 불현듯 초인종 소리가 울렸다.

소파에 누워 있던 이지아는 의문스런 표정을 지었다.

펜트하우스의 존재를 아는 사람은 정단오와 김상현뿐이다. 그 두 명이 함께 나갔는데 과연 누가 초인종을 누른단 말인가.

"잘못 찾아온 사람이겠지?"

이지아가 혼잣말을 중얼거리며 몸을 일으켰다.

일단 인터폰 화면을 통해 밖에 있는 사람을 확인해야 될 것 같았다.

"어?"

화면을 쳐다본 이지아의 눈이 커졌다.

낯선 남자 여럿이 인터폰 화면을 노려보며 서 있었기 때문이다.

띵동— 띵동띵동!

그 순간에도 초인종 소리는 멈추지 않았다.

다행히 펜트하우스는 실내에서 허락을 해 줘야만 엘리베이터를 타고 올라올 수 있다.

그러나 억지로 계단을 오르면 어떻게든 현관 앞까지 다다르는 것도 가능했다.

혼자 있는 이지아에겐 큰 위협이 되는 셈이었다.

"누, 누구지?"

머릿속으로 불길한 생각이 스쳐 지나갔다.

평범한 펜트하우스 주민이라면 당장 경찰이나 경호 업체를 불렀을 것이다.

하지만 이곳은 은신처였다.

그렇기에 경찰을 부르는 것도 힘들고, 따로 연결해 놓은 경호 업체도 없었다.

이지아는 당황한 마음을 가라앉히며 급히 핸드폰을 찾았다.

이런 일이 벌어지면 김상현이나 정단오를 찾아야 한다. 둘이 같이 있을 테니 어느 쪽이든 전화를 받아 주길 바랄 뿐이었다.

띠이이이—

그녀가 먼저 전화를 건 쪽은 정단오였다.

무미건조한 통화 연결음이 울렸지만 정단오의 목소리는 들려오지 않았다.

한참을 더 기다려도 마찬가지였다.

결국 음성 안내 메시지가 뜨고 말았다.

“왜 전화를 안 받는 거야?”

초조한 마음에 신경질을 낸 이지아가 다른 번호를 눌렀다. 정단오와 함께 있을 김상현에게 상황을 알리려는 것이다.

—오빤 강남 스타일!

그녀의 귓가로 최신 유행곡인 통화 연결음이 들려왔다.

하지만 신나는 노래 소리만 들릴 뿐, 김상현의 친숙한 음성은 들려오지 않았다.

이지아는 입술이 바짝 마르는 것 같았다.

아마 정단오와 김상현은 선비촌 사람들을 맞이하느라 바쁜 것 같았다.

그때, 현관문에서 거친 노크 소리가 울렸다.

쿵쾅! 쿵쾅!

말이 노크였지, 문을 부술 듯 두드리는 것이나 다름없었다.

엘리베이터 밑에 있던 낯선 사내들이 계단을 통해 펜트하우스 입구로 비집고 올라온 것이다.

쿵쿵쿵!

현관문을 두드리는 소리가 점점 커졌다.

정상적인 펜트하우스였다면 당장 경호 시스템이 가동됐을 것이다.

하지만 은신을 위해 마련한 곳이기에 외부와의 접점을 차단시켜 놓은 게 화근이었다.

"안에 있는 거 다 알고 있다고!"

"좋은 말로 할 때 문 따라—!"

현관문을 두드리던 남자들이 욕지거리를 뱉어 냈다.

'부산 사투리잖아?'

이지아는 그들이 부산 사투리를 쓴다는 걸 알아차렸다. 순간 그녀의 머리가 빠르게 회전했다.

'혹시…… 그때 해운대의?'

정단오를 처음 만났을 때 부산의 암흑 시장을 습격한 적이 있었다.

그때, 사건에 휘말렸던 부산의 조직 폭력배들이 찾아온 게 아닐까?

"문 열라고, 가스나야!"

이지아의 예측은 정확했다.

정단오에 의해 풍비박산이 났던 해운대파가 우여곡절 끝에 펜트하우스를 찾아낸 것이다.

해운대파의 보스인 박종훈은 국과수의 최미영을 납치했고, 모든 능력을 총동원해 이지아의 존재를 알아냈다.

정보 자체가 없는 정단오와 달리 이지아는 주민등록이 추적 가능했기 때문이다.

"안 되겠다. 따라!"

이윽고 박종훈이 부하들에게 지시를 내렸다.

현관문을 강제로 따 버리고 집 안으로 진입하려는 것이다.

이지아는 하얗게 질린 안색으로 계속해서 전화기를 붙잡고 있었다.

어디 있는지 모를 정단오나 김상현이 전화를 받아 주는 게 유일한 희망이었다.

띠이이이—

'제발, 제발 받아요. 단오 씨!'

이지아의 간절한 부름을 들어서일까?

전화기 너머에서 그토록 바라던 정단오의 목소리가 들려왔다.

"무슨 일이지?"

"단오 씨! 지금 이상한 사람들이 현관문을 열려고 해요!"

그녀는 간신히 울음을 참으며 현재 상황을 전했다.

펜트하우스가 노출됐다는 소식은 매우 충격적이었다. 하지만 정단오는 침착하게 질문을 던졌다.

"그들의 인상착의는 어떤가."

"덩치 크고 험상궂은 남자들 여럿이요. 영화에 나오는 조폭처럼 생겼어요."

"놀랄 수밖에 없다는 걸 알고 있다. 하지만 침착해야 한다. 내 말 듣고 있나?"

"네, 네. 단오 씨는 어디에 있어요?"

바깥에서 현관문을 열기 위해 작업하는 소리가 들려왔다.

분명 이성을 잃는 게 당연한 상황이다. 그러나 정단오의 목소리를 듣자 묘하게 마음이 편안해졌다.

이지아는 현관 쪽으로 귀를 기울인 채 통화에 집중했다.

"지금 당장 그쪽으로 가겠다. 그래도 늦을 가능성이 크다."

"그럼 어떻게……."

"잘 들어라, 이지아. 너는 아마 납치될 것이다."

청천벽력 같은 말이었다.

예상하고 있던 결과지만 정단오의 입에서 듣게 되니 충격이 더 컸다.

그러나 이지아는 정단오를 믿었다.

그가 이렇게 말하는 데에는 분명 이유가 있을 것 같았다.

"아마 놈들의 목적은 나를 불러내는 것이겠지. 그렇다면 너에게 손을 대지는 않을 것이다. 묻는 말에 순순히 대답해 줘도 좋다. 무슨 말인지 알겠나?"

"금방 구하러 올 거죠?"

"오래 걸리지 않을 거다. 약속한다."

약속한다는 말을 듣자 괜히 울컥하는 것 같았다.

그러나 이지아는 부들부들 떨리는 몸을 진정시키며 고개를 끄덕였다.

전화기 너머에선 볼 수도 없겠지만, 정단오를 향한 신뢰를 드러낸 것이다.

"믿고 기다릴게요, 단오 씨."

"납치당하는 순간에도 전화기를 끄지 마라. 내가 놈들의 목소리를 들어야 한다."

"알겠어요."

"반드시…… 반드시 구한다."

정단오의 음성에서 전에 없이 강한 의지가 느껴졌다.

그때, 두꺼운 현관문이 통째로 뜯어지는 소리가 울렸다.

우지끈—!

"아따, 비싼 집이라 그런지 문도 튼실하게 만들었네!"

"그러게. 고마 알아서 열 것이지 귀찮게시리. 어디 있노? 여기 있는 거 다 안다!"

사내들의 거친 사투리가 이지아를 압박했다.

그녀는 전화기를 켜 둔 채 가만히 앉아 있었다. 당장에라도 기절할 것 같았지만 의연하게 버티려고 노력 중이었다.

'정신 차려, 이지아. 넌 이제 평범한 여대생이 아니잖아. 이 정도 일쯤은 극복할 수 있어.'

스스로를 다독이는 그녀의 눈앞으로 해운대파 조직원들이 나타났다.

가장 뒤쪽에는 보스인 박종훈도 서 있었다.

"쓸데없이 다치게 하지 말고, 얌전히 데려온나."

"예, 형님!"

박종훈의 명령에 따라 사내들이 이지아를 결박했다.

그들은 비명을 지르거나 울지 않는 그녀가 신기한 듯 혼잣말을 중얼거렸다.

"이거, 독한 가시나네. 봐라, 소리도 안 지른다."

"뭐가 있는 년이니 형님께서 직접 오셨겠지. 잡생각하지 말고 나르기나 해라. 무겁다."

조폭 둘이 이지아의 몸을 어깨에 둘러맸다.

청 테이프로 입이 막힌 그녀는 지독한 공포를 느꼈다. 하지만 전화기 너머의 정단오가 자신을 구해 줄 거란 확신을 가졌다.

'후회하게 될 것이다.'

정단오 역시 핸드폰을 통해 펜트하우스의 상황을 짐작하며 이를 갈았다.

푸른 불꽃처럼 냉정하면서도 뜨거운 분노가 그의 가슴에 들끓고 있었다.

*　*　*

정단오와 김상현은 만사를 제쳐 놓고 펜트하우스로 돌아왔다.

선비촌 사람들을 은밀히 인솔하는 일은 김상현의 부하들이 맡았다.

하지만 펜트하우스는 텅 비어 있었다.

전화를 통해 상황을 파악하고 있었음에도 마음에 구멍이 뚫린 기분이었다.

"이놈들, 프로입니다."

김상현은 현관문이 뜯긴 자국을 보며 심각하게 말했다.

펜트하우스를 찾아내고 문을 뜯어낸 것에서 전문가의 손길이 느껴졌다.

언뜻 보면 우악스러운 것 같지만 암흑가의 프로가 아니라면 하기 힘든 일이었다.

"누구일까요?"

"해운대파일 가능성이 크다."

"부산 암시장에서 마스터에게 당했던 그 해운대파 말씀이십니까?"

"전화기 너머로 부산 사투리가 들리더군."

정단오는 상대의 정체를 90% 이상 확신하고 있었다.

김상현 역시 반론을 펼치지 않고 고개를 끄덕였다. 부산 사투리를 쓰는 납치 전문가라면 그 역시 해운대파가 가장 먼저 떠올랐다.

정확한 내막은 몰라도 암시장에서 당했던 그들이 복수의 칼날을 간 것 같았다.

문제는 과연 어떻게 펜트하우스의 위치를 알았느냐였다.

원로회에도 노출되지 않은 정보가 일개 폭력 조직에 넘어갔다는 사실이 아이러니했다.

"해운대파가 어떻게 여기를 찾아냈을까요? 상황으로 보

면 지아 씨의 존재도 알고 있던 것 같은데 말입니다."
"나와 이지아가 외부에 노출됐던 흔적을 모조리 찾아봐야겠다."
"알겠습니다. 저도 팀을 가동시켜 수색을 해 보도록 하겠습니다, 마스터."
"서울을 벗어나진 않았을 거다."
"네. 그리고 놈들의 목적이 마스터라면 곧 연락이 오겠지요."
"이지아는 어떨 것 같나?"
"놈들이 섣불리 건드리진 않을 겁니다. 지아 씨는…… 보기보다 강한 여자니까 잘 견디고 있을 것 같습니다."
"아티팩트 보관소를 습격하는 일은 잠시 미뤄야겠군. 선비촌 사람들에게는 제대로 설명하도록."
"걱정 마십시오. 최대한 빨리 지아 씨를 찾고 일을 진행시키면 됩니다."
김상현은 침착한 모습으로 현재 상황을 하나씩 점검했다.
정단오와 있을 때면 그저 사람 좋게만 보여도 그 역시 CIA 출신의 엘리트였다.
이런 납치 사건에 당황할 애송이가 아니었다.
다만 한 가지, 시간이 많지 않다는 건 분명했다.
힘들게 데려온 선비촌 사람들이 원로회의 눈에 띄기 전에 납치 사건을 마무리 지어야 했다.
"마스터, 제가 먼저 움직이겠습니다."

"알겠다."

김상현은 팀원들을 가동시키기 위해 펜트하우스 밖으로 나섰다.

어쩌면 이런 일을 처리하는 데 있어서는 그가 정단오보다 나을지 몰랐다.

그러나 정단오도 가만히 있을 수만은 없었다.

그는 자신에게 올 연락을 기다리며 머리를 회전시켰다. 이지아의 존재가 노출될 만한 케이스를 검토하는 것이었다.

'부산의 K.I.는 믿어도 된다. 그렇다면 또 누가 남았지?'

경남 지역 최대의 정보 집단인 K.I.는 정단오와 손을 잡았다. 아마 그쪽에서 정보가 새어 나가진 않았을 것 같았다.

그렇다면 남은 후보는 그리 많지 않았다.

'혹시 국과수의 최미영?'

정단오가 최미영의 얼굴을 떠올렸다.

커다란 뿔테 안경으로 미모를 가린 그녀의 순한 인상이 생각났다.

이지아와 함께 만난 사람이라면 최미영이 접점일 가능성이 컸다.

그는 망설이지 않고 펜트하우스 밖으로 나갔다.

당장 국과수를 찾아가 최미영을 만나야 할 것 같았다.

부아아앙—

검은색 레인지로버가 굉음을 뿜어냈다.

정단오는 국과수의 위치를 기억하며 액셀을 밟았다.

강남대로가 막힐 시간이라 기분이 좋지 않았다. 마음은 이미 국과수에 도착해 있었다.

그때였다.

띠이이이이!

정단오의 핸드폰이 기계음을 토해 냈다.

발신자 추적 불가 번호.

순간, 그의 표정이 싸늘하게 변했다.

딸칵—

정단오가 한 손으로 통화 버튼을 눌렀다.

어차피 차가 막혀서 전화를 받는 데 큰 지장은 없었다.

"단오 씨……."

불안감에 젖어 있는 이지아의 목소리가 들렸다.

정단오는 납치범들이 전화를 걸었음을 직감했다. 이윽고 그가 최대한 차분한 어조로 말했다.

"무사한가?"

"네, 그냥 묶여 있어요. 아악!"

이지아가 말을 마치기 전에 누군가 강제로 전화기를 뺏은 것 같았다.

곧이어 걸걸한 남자의 음성이 들려왔다.

"아직은 무사하지만, 한 시간 뒤에는 어떻게 될지 모르지. 안 그렇나?"

익숙한 부산 사투리.

상대는 해운대파의 보스인 박종훈이었다.

정단오는 자신의 추측을 숨기지 않았다.

"해운대파인가?"

"이것 보소? 대가리가 잘 돌아가는 놈이네."

"암시장의 복수를 하려는 거라면 잘못 생각했다."

"내가 없을 때 우리 아그들이 너한테 제대로 당했다매? 그래서 내가 많이 곤란해졌거든. 니도 같이 곤란해져 봐야 공평하지 않겠나."

"원하는 걸 말해라."

"이 새끼 대찬 거 좀 보소."

박종훈은 승기를 잡았다고 확신하는지 전화기 너머에서 부하들과 함께 낄낄거렸다.

이지아를 손에 넣었으니 정단오를 요리하는 것도 식은 죽 먹기라고 착각하는 듯했다.

정단오는 분노를 가라앉히며 통화를 이어 나갔다.

"내가 목적일 텐데? 원하는 걸 말하라고 했다."

"두 시간 준다. 도봉산으로 와라. 혼자 와야 되는 건 말 안 해도 알 거고?"

"두 시간 뒤 도봉산. 혼자서 간다."

"그래, 그래야지. 허튼 생각 하면 여기 아가씨가 많이 힘들어질 거야."

"손끝 하나 건드리지 마라. 너희들을 위한 충고다."

“충고? 끝까지 가오 잡기는. 고마 씨부리고 오기나 해라.”

뚜욱!

일방적으로 전화가 끊겼다.

정단오는 핸들을 도봉산 쪽으로 돌렸다. 차가 막히지만 두 시간이면 도착할 것 같았다.

그런데 의심스러운 구석이 있었다.

박종훈은 부산에서 자신의 부하들이 정단오 한 명에게 처참히 당한 걸 알고 있다.

그럼에도 불구하고 자신 있게 정단오를 부른 건 꼼수가 있다는 뜻이었다.

단순히 이지아를 인질로 사용하는 것 외에도 나름의 방안을 준비한 모양이었다.

‘총인가?’

어쩌면 박종훈이 총을 구해 자신만만한지도 몰랐다.

하나 정단오는 모든 상황을 대비하고 있었다.

‘겨우 총 따위를 믿고 덤빈 거라면 후회하게 될 거다.’

핸들을 잡은 그의 손에 힘이 들어갔다.

푸르게 튀어나온 힘줄 만큼 그의 분노도 폭발하기 직전이었다.

4장
꼬리를 잡다

정단오는 김상현을 부르지 않았다.

해운대파의 박종훈이 원하는 대로 혼자서 도봉산 부근에 도착한 것이다.

수백 년의 세월을 살아온 그는 여러 차례의 인질극을 경험해 봤다.

인질이 잡혔을 때 가장 중요한 건 주도권을 넘겨주느냐의 여부이다.

무턱대고 인질범의 요구를 들어주다 보면 모든 게 엉망이 된다.

하지만 정단오는 그런 사실을 잘 알면서도 박종훈의 말을 따라 혼자 왔다.

물론 합당한 이유가 있기 때문이었다.

인질극을 벌이는 상대를 압도적으로 제압할 자신이 있다면 모든 지침이 무의미해진다.

정단오는 박종훈과 해운대파 일당을 완전히 소탕할 생각이었다.

그 과정에서 이지아를 안전하게 구하는 건 당연한 일이다.

상식적으론 불가능한 목표지만, 정단오의 존재 자체가 상식을 초월했다.

도봉산 근처의 인적 드문 공터로 움직이는 그의 눈이 매섭게 빛나고 있었다.

띠이이이—

약속된 시간이 되어서인지 핸드폰이 다시 울렸다.

정단오는 차를 세운 채 전화를 받았다. 이번에도 역시 발신자 추적이 불가능한 상태였다.

"도봉산 근처다."

"크큭, 늦지 않았군."

"어디에 있나?"

"주소를 보내 주마. 당연히 혼자 왔을 테고?"

"빤한 건 묻지 않아도 된다."

"하여튼 건방진 새끼, 기다리라."

박종훈이 일방적으로 전화를 끊었다.

잠시 후 핸드폰으로 문자 메시지가 왔다. 해운대파 일당과 이지아가 있는 곳으로 안내하는 메시지였다.

정단오는 문자의 내용을 숙지한 뒤 액셀을 밟았다.

차를 몰고 정해진 방향으로 이동하자 점점 분위기가 으슥해졌다.

도봉산 자락에 인적 드문 공터를 제대로 고른 것 같았다.

여기선 무슨 일이 벌어져도 밖으로 소리가 흘러나가지 않을 것이다.

해운대파가 나름대로 준비를 철저히 했다는 게 느껴졌다.

끼이익—

차를 세운 정단오가 공터에 내려섰다.

휑한 공터였지만 아직까지 해운대파의 흔적은 보이지 않았다.

하지만 어디선가 이곳을 지켜보고 있는 듯 곧장 전화기가 울렸다.

"진짜로 혼자 왔네."

"한입으로 두말하지 않는다."

"됐고, 거기 옆에 샛길 보이나?"

"보인다."

"그 길을 따라 위로 올라온나."

전화를 끊은 정단오는 공터 옆의 샛길을 쳐다봤다.

좁은 길을 타고 산등성이로 올라가면 더욱 은밀한 장소가 나올 것 같았다.

그러나 박종훈과 해운대파 일당들은 상상도 하지 못할 것이다. 외부 세계와 차단된 은밀한 장소에서 정단오가 얼마나 무서워질 수 있는지 말이다.

저벅저벅.

샛길을 따라 도봉산 기슭으로 올라가는 발자국 소리가 유독 무겁게 울렸다.

정단오는 불안에 떨고 있을 이지아를 생각하며 입술을 꽉 깨물었다.

잔챙이들을 일거에 소탕시킬 순간이 멀지 않았다.

* * *

"형님, 놈이 올라오고 있습니다!"

"나도 눈깔이 있다."

박종훈은 부하의 말에 신경질적으로 대답했다.

멀리서 정단오가 올라오는 게 보였다. 하지만 왠지 기분이 좋지 않았다.

분명 모든 게 자신의 계획대로였다.

이지아를 납치했고, 정단오도 아무 지원 없이 혼자서 도봉산에 왔다.

게다가 한 방에 그를 제압할 비장의 무기도 준비했다.

아무리 변수를 떠올려 봐도 일이 틀어질 여지가 없었다. 그럼에도 불구하고 박종훈의 본능은 계속해서 경고 신호를 보내는 중이었다.

“나도 나이를 먹었나? 허참.”

그는 혼잣말로 불안을 털어 버리며 부하들에게 수신호를 보냈다.

곧이어 해운대파 조직원들이 흉기를 들고 이지아의 근처를 지켰다.

철제 의자에 온몸이 묶인 이지아는 정단오를 바라보며 눈물을 꾹 참았다.

여기서 울어 버리면 정단오에게 부담을 줄 것 같았다.

‘와 줘서 고마워요, 단오 씨.’

그녀는 입을 막은 청 테이프 때문에 말은 못해도 눈빛으로 진심을 전했다.

정단오 역시 깊은 눈길로 이지아를 쳐다보고 있었다.

“아주 애절들 하시네. 이제 상황 파악이 좀 되겠나?”

그때, 박종훈이 둘 사이를 차단하고 나섰다.

그는 비릿한 웃음을 띤 채 손가락을 튕겼다.

따악!

그게 신호였을까?

이지아 주변을 지키던 조직원들이 흉기를 바짝 붙였다. 날카로운 칼날이 이지아의 하얀 목선을 위협한 것이다.

“저거 보이나?”

박종훈이 손가락을 들어 이지아를 가리켰다. 그러곤 마음껏 정단오를 도발하기 시작했다.

서 맨몸으로 내 밑에 애들이랑 일본 야쿠자들 냈다매? 그래서 특별히 준비했다. 맘에 들랑까 네."

성 그룹의 후계자를 상대할 때는 깍듯한 표준어를 구사하던 박종훈이지만 지금은 달랐다.

그는 본연의 모습을 드러내 보이며 비열하게 이죽거렸다.

"어디 이번에도 그렇게 설칠 수 있는지 함 보자. 잘 생각해라, 저 아가씨 이쁜 얼굴에 흉터 남기기 싫으면."

이지아를 빌미로 삼은 노골적인 협박이었다.

이어서 건장한 체격의 조직원들이 정단오 앞을 가로막았다.

박종훈은 부산의 암시장에 없었기에 그의 모습을 보지 못했다. 그래서인지 이참에 제대로 확인을 하려는 것 같았다.

"와라. 얼마든지."

정단오는 평소처럼 짧고 무뚝뚝하게 할 말을 뱉어 냈다.

하지만 한쪽으로는 이지아를 신경 쓰고 있었다.

그녀와 그 주위의 조폭들을 체크하면서 눈앞의 떡대들을 처리해야 하는 것이다.

처어억.

조폭들은 정단오가 해운대서 벌인 사건을 들었기에 긴장한 기색이 역력했다.

그러나 이지아라는 인질을 잡고 있어서 호기롭게 흉기를 들이밀 수 있었다.

설마 인질이 있는데 미친 듯이 날뛰겠느냐는 자신감을 가진 것 같았다.

슈욱!

시야를 가로막은 조폭들이 잭나이프와 사시미를 꺼냈다.

박종훈은 단단히 작정을 했는지 부하들도 연장으로 완전 무장시킨 상태였다.

그는 이지아 곁으로 다가가 팔짱을 끼고 상황을 주시했다.

일단 정단오가 어떤 놈인지 파악한 뒤 이지아를 미끼로 제압할 작정이었다.

그다음에는 오성 그룹 기획실의 지시를 기다리거나 준비해 둔 비장의 무기로 죽여 버리면 된다.

'어차피 끝이 정해진 싸움이다, 마음껏 설쳐 봐라.'

박종훈의 얼굴 위로 떠오른 웃음이 더욱 진해졌다.

그는 불안감을 떨쳐 내고 완벽히 자신에 차 있었다.

아무리 머리를 굴려 봐도 특별한 변수가 없는 것 같았다.

이 정도면 자신에게 100% 유리한 무대가 만들어진 것이다.

"으하앗!"

"가자!"

그때, 해운대파의 조직원들이 기합을 뿜어내며 정단오에게 달려들었다.

박종훈은 액션 영화를 감상하는 자세로 마음을 편히 먹었다. 여차하면 이지아를 위협해도 되고, 비장의 무기를 꺼내도 된다.

어차피 지금 부하들의 전투는 여흥에 불과했다.

하나 그의 생각이 바뀌는 데는 그리 오랜 시간이 걸리지 않았다.

정단오라는 인간은 존재 자체가 변수였다.

꽈아앙—!

갑작스레 굉음이 터졌다.

박종훈은 눈을 크게 뜨고 굉음의 진원지를 확인했다.

정단오의 몸에서 뭔가가 뿜어지더니 순식간에 건장한 부하들이 허공으로 튕겨 나간 것이다.

"귀찮군. 한 번에 와라."

정단오가 오만하기 짝이 없는 말을 내뱉었다.

그는 얼이 빠진 조직원들을 바라보며 경멸의 표정을 지었다. 그러곤 천천히 앞으로 걸어 나갔다.

"이이익!"

"이 새끼가 돌았나—!"

이성을 잃은 조폭들이 칼을 휘두르며 달려들었다.

하지만 정단오는 크게 반응하지 않았다. 그저 담담한 얼굴로 손을 내저을 뿐이었다.

후우우웅—!

파바바바바박!

그의 손짓이 폭풍을 불러냈다.

손끝에서 만들어진 바람의 칼날이 조폭들의 몸을 사정없이 두들겼다.

"커억!"

"쿨럭—!"

영문도 모른 채 한참을 날아간 조폭들은 피를 토하며 괴로워했다.

가벼운 손짓 한 번으로 수많은 조폭들을 날려 버리는 광경은 눈으로 보고도 믿기 힘들었다.

박종훈을 비롯해 이지아를 지키고 있던 조직원들도 넋이 나가 버렸다.

십 초도 지나지 않았는데 든든하던 조직원 대부분이 쓰러진 것이다.

결국 박종훈은 발작적으로 비장의 무기를 꺼낼 수밖에 없었다.

스윽—

품에서 권총을 꺼낸 그가 핏대를 높였다.

"고마해라! 이거 보이나?"

보스가 총을 꺼내자 이지아 근처에 있던 조직원들도 행동을 개시했다.

그들은 미리 약속해 둔 대로 이지아의 가녀린 목에 칼날을 들이밀었다.

1㎜만 더 움직여도 그녀의 목이 피로 물들 것 같았다.

눈앞을 가로막은 권총.

그리고 완벽히 제압당한 이지아.

단신으로 수십 명을 쓸어버리는 정단오라고 해도 탈출구가 없어 보였다.

하나 곧이어 그의 차가운 음성이 도봉산 자락을 물들였다.

"쏴라."

"뭐, 뭐라고?"

예상을 벗어난 반응에 도리어 박종훈이 당황했다.

그의 반문에도 정단오는 똑같이 대답했다.

"쏘란 말이다."

단순한 허세일까, 아니면 진심일까?

정단오는 권총의 총구를 노려보며 흔들림 없이 말했다.

"미친놈……."

박종훈은 몸을 부들부들 떨며 손가락에 힘을 줬다. 그에게 더 이상의 선택지는 남아 있지 않았다.

이윽고 권총의 방아쇠가 당겨졌다.

타앙—!

강렬한 총성이 도봉산 자락을 울렸다.

박종훈은 정단오가 피를 흘리며 쓰러질 거라고 믿어 의심치 않았다.

맨손으로 부하들을 때려잡는 괴물이라도 총 앞에서는 똑같은 인간이라고 생각한 것이다.

"저, 저게……!"

하나 그의 믿음은 산산조각 나고 말았다.

정단오는 무심한 얼굴로 손바닥을 폈다.

꽉 쥐어진 그의 손에서 총알이 부스러기처럼 흩어져 내렸다.

손을 들어 날아오는 총알을 막아 버린 것이다.

SF 영화에나 나올 법한 일이지만, 부정할 수 없는 현실이었다.

산전수전을 다 겪으며 해운대파를 일으킨 박종훈도 넋이 나갈 수밖에 없었다.

"으으으윽!"

그가 비명을 지르며 재차 방아쇠를 당겼다.

타앙— 탕탕!

여러 발의 총탄이 정단오의 심장을 노리고 쏘아졌다.

이번만큼은 피할 수 없으리라.

도봉산 구석에 모인 모두가 같은 생각을 하고 있었다. 심지어 의자에 묶인 채 상황을 지켜보는 이지아도 타는 속을 감추지 못했다.

그러나 정단오는 그러한 일반적인 상식을 보란 듯이 비웃었다.

우우웅—

그의 몸 앞에 보이지 않는 장막이 형성된 것 같았다.

허공을 가르며 날아온 총알 세 발이 정단오의 코앞에서 멈춘 것이다.

공중에 정지한 총알은 그 자체로도 기괴해 보였다.

하늘의 신이 현실 세계에 정지 버튼을 누르기라도 한 것 같았다.

투두두둑!

이윽고 총알들이 힘없이 땅에 떨어졌다.

불가사의한 방법으로 총알을 막아 낸 정단오가 박종훈을 향해 걸어갔다.

저벅저벅.

박종훈과 남은 부하들은 이지아를 인질로 잡고도 제대로 대응하지 못했다.

눈앞에서 총알을 막아 내는 광경을 봤으니 얼이 빠지는 게 당연했다.

그들은 저승사자를 만난 것처럼 벌벌 떨고 있었다.

아무리 날고 기는 조폭이라고 해도 인간을 초월한 능력자 앞에서는 하룻강아지일 뿐이었다.

"고작 이 정도로 놀랄 거면서 나를 건드렸나?"

정단오의 입에서 분노가 함축된 굵은 음성이 흘러나왔다.

털썩—

그 압도적인 기파를 견디지 못한 박종훈이 자리에 주저

앉았다.
부산을 주름잡는 조폭의 보스도 나약한 인간일 뿐이었다.
영화에서나 보던 장면을 직접 목격하고 받은 충격은 결코 대수롭지 않았다.
정단오는 박종훈을 내버려 둔 채 이지아에게 다가갔다. 그러곤 그녀에게 흉기를 들이민 조직원들을 응징했다.
퍼퍽! 퍼어어억!
비명 소리도 울리지 않았다. 대신 소름 돋는 파열음이 메아리처럼 도봉산 자락을 채웠다.
스으으윽—
조직원들의 뼈마디를 부러트린 정단오가 밧줄을 끊어 버렸다.
그는 비틀거리며 일어서는 이지아의 어깨를 잡아 줬다.
"고생했다."
"와 줘서 고마워요."
"당연한 일이다."
"잠시 쉬고 있어라."
정단오는 그녀를 혼자 두지 않았다. 다만 반대 방향으로 몸을 돌려 쉴 수 있게끔 배려해 줬다.
가급적이면 앞으로 벌어질 충격적인 장면을 보여 주고 싶지 않았기 때문이다.
"그, 그게 아니라……."

이지아를 구한 정단오가 다가오자 박종훈이 뒤로 슬금슬금 기어갔다.

그를 지켜 줄 부하들은 모두 쓰러졌다.

비장의 무기라고 생각했던 총도 정단오에게는 통하지 않았다.

단신으로 부산의 암시장을 초토화시킨 악몽이 박종훈에게 재현되고 있었다.

"해운대파의 보스인가?"

"으윽!"

단순한 질문이었지만 송곳 같은 기운이 담겨 있었다.

박종훈은 숨을 쉬기 힘든 듯 새파래진 얼굴로 정단오를 올려다봤다.

그제야 주위를 압박한 기운을 풀어 준 정단오가 다시 입을 열었다.

"누가 너를 움직였는가?"

"우, 움직이긴 무슨!"

"먼 길을 돌아가지 마라. 어차피 넌 입을 열게 돼 있다."

정단오는 언제나 그렇듯 단정 지어 말했다.

그의 확언 앞에서 박종훈은 몸을 떨 수밖에 없었다.

맨몸으로 총알을 비껴내는 존재가 눈앞에 있으니 모든 생각이 마비되는 것 같았다.

"말해라. 누가 해운대파를 움직였는지."

"개소리 하지 마라! 니가 먼저 암시장을 덮치지만 않았어도 이럴 일은 없었을 기다—!"
박종훈의 입에서 발악적으로 사투리가 튀어 나왔다.
하지만 정단오는 무표정한 얼굴로 손을 뻗을 뿐이었다. 이윽고 그의 하얗고 긴 손가락이 박종훈의 안면을 감쌌다.
"그게 전부가 아닐 텐데?"
"으, 으으윽……."
박종훈은 안면이 일그러지는 듯한 느낌을 받았다.
조금만 더 지나면 얼굴 전체가 으스러질 것 같았다. 눈앞의 인간은 단순히 협박만 할 이가 아니었다.
그것을 증명하듯 정단오의 손에 들어간 힘이 점점 강력해졌다.
"크아아아—!"
결국 공포를 이겨 내지 못한 박종훈이 비명을 지르며 몸부림쳤다.
부산 바닥을 주름잡았던 해운대파의 보스도 한낱 인간일 뿐이었다.
불멸의 시간을 거슬러 온 마스터 앞에서는 모든 저항이 무의미했다.
정단오는 사형 선고를 내리는 냉정한 판사처럼 박종훈에게 죽음의 공포를 선포했다.
"평생 잊을 수 없는 악몽을 꾸게 될 거다."
그의 말은 허풍이 아니었다.

물 밖으로 나온 생선처럼 몸부림치는 박종훈에게 창백한 얼굴의 저승사자가 다가가고 있었다.

정단오가 이지아에게 눈을 감으라고 한 건 다 이유가 있어서였다.

*　*　*

"오성 그룹 기획실장 이정철. 그룹의 후계자이자 국내 재벌 2세들의 리더로 추앙받는다. 그런 인간이 부산 암시장의 배후였다는 뜻이군."

"끄으으으……."

박종훈은 앞니가 왕창 부서진 채 겨우 고개를 끄덕였다.

한 번 분노를 터트린 정단오는 누구도 막을 수 없었다.

그가 매번 이런 식으로 행동하면 이지아의 마음을 읽는 능력도 필요 없을 것 같았다.

그만큼 정단오는 인간의 공포를 자극하며 상대의 몸과 마음을 무너트리는 데 탁월했다.

"이정철, 이정철……. 역시 오성 그룹이 개입하고 있었군."

정단오는 이전부터 확신하고 있던 심증이 물증으로 바뀐 순간, 가슴 깊은 곳의 불길이 더 거세게 타오르는 걸 느꼈다.

마음 같아선 당장에라도 오성 그룹 본사에 쳐들어가 이

정철을 낚아채고 싶었다.

하지만 그의 뒤에는 더 큰 무언가가 도사리고 있을지 몰랐다.

일을 완벽하게 처리하기 위해선 참을 줄도 알아야 했다.

수백 년을 살아온 정단오는 인내심 역시 타의 추종을 불허했다.

기본적으로 불멸의 세월을 살아간다는 것 자체가 웬만한 인내심으로는 불가능한 일이기 때문이었다.

"이, 이제 제발 살려 주……."

박종훈은 만신창이가 된 채 목숨을 구걸했다.

기세등등하던 예전의 모습은 어디에도 없었다.

검사 김현수나 국회의원 유명환이 정단오 앞에서 한없이 약해진 것과 똑같았다.

현실에서 제아무리 목에 힘을 주고 사는 사람도 정단오의 심판 앞에서는 초라해지기 마련이었다.

잘 나가는 검사도, 정치계의 실세도, 부산 지역 조폭의 보스도 예외는 없었다.

정단오는 신음하는 박종훈을 물끄러미 내려다봤다.

그때, 한참 동안 귀를 막고 돌아서 있던 이지아가 간신히 입을 열었다.

납치의 충격에서 벗어난 그녀가 정단오를 진정시키려 노력했다.

"단오 씨, 이제 그만해도 괜찮을 것 같아요."

"……."

정단오는 아무런 대답도 하지 않았다.

하지만 그녀의 말을 따를 생각인 것 같았다.

이 시점에서 그에게 조금이나마 영향을 끼칠 수 있는 사람은 이지아가 유일했다.

딸칵.

그는 품속의 전화기를 꺼내 김상현을 호출했다.

"네, 마스터. 지아 씨는 어떻게 됐습니까?"

"구했다."

"허어, 그거 정말 다행입니다. 걱정하고 있었습니다."

"여기 해운대파 보스를 잡아 놓았다."

"박종훈을요?"

"이놈들 뒤에 오성 그룹 이정철이 있다는군."

"이정철이라면 오성 그룹의 후계자가 아닙니까?"

"국회의원 유명환을 사주해서 살인 사건을 덮은 것도 오성 그룹 기획실이었다. 암시장의 배후도 이정철임이 더욱 확실해졌다. 아무래도 오성 그룹과 원로회 사이에 거래가 있었다고 생각할 수밖에 없군."

"대한민국 최고 재벌인 오성 그룹과 원로회라……. 이거, 정말 스케일이 끝을 모르고 커지는 것 같습니다, 마스터."

"끝까지 가 보는 수밖에. 그나저나 선비촌 사람들은 어떻게 됐나?"

"서울 외곽 모처에 은신시켜 놓았습니다. 당분간은 원로회의 시선을 피해 머무를 수 있을 겁니다."

"위장을 확실히 하도록."

"단단히 신경 쓰겠습니다. 그럼 제가 지금 그쪽으로 갈까요?"

"와서 박종훈과 그 졸개들을 처리해 주면 좋겠다. 특히 박종훈은 잡아 둘 작정이다."

"어디에 쓰시려고……."

"이정철의 면전에 들이밀어 줄 생각이다."

"아, 알겠습니다. 바로 가겠습니다, 마스터."

충실하게 대답한 김상현이 전화를 끊었다.

그는 곧 이곳으로 와서 뒷수습을 완벽히 해낼 것이다.

"조금만 더 기다리자. 김상현이 곧 온다."

"알겠어요. 단오 씨는 괜찮은 거죠?"

"그러는 넌 어떤가? 납치를 당한 건 내가 아니라 너다."

"난 괜찮아요. 단오 씨가 와서 구해 줄 걸 알았어요."

이지아는 희미한 미소를 지으며 정단오의 눈을 쳐다봤다.

주인을 전폭적으로 신뢰하는 강아지가 이런 표정을 지을까?

정단오는 왠지 모를 느낌에 억지로 고개를 돌렸다.

"너도 들었겠지만, 모든 일의 배후에 원로회와 오성 그룹이 있다. 비로소 적의 실체가 드러났으니 이제부터 진짜 싸움이 시작되는 것이다."

"오성 그룹이면 세계적인 재벌인데, 맞서기 어렵지 않을

까요?"

"오성은 재벌이지만 원로회는 세계의 이면을 다스리는 통치 기구다. 난 필요하다면 그들 모두와 전쟁을 벌일 생각이다."

"하아— 단오 씨를 누가 말리겠어요."

이지아는 정단오와 함께하며 상상을 초월하는 담력을 갖게 된 것 같았다.

하긴 평범한 여자였으면 조폭에게 납치를 당한 것만으로도 평생 트라우마를 안고 살지도 몰랐다.

하나 그녀는 충격에서 회복한 듯 평소처럼 당찬 모습으로 돌아와 있었다.

"한 번만 더 묻도록 하지. 정말 다친 곳은 없나?"

"멀쩡해요. 모두 단오 씨 덕분이죠."

"알겠다. 밑에 차가 있으니 쉬고 있도록. 김상현은 그리 늦지 않을 것이다."

처억.

정단오는 말을 마침과 동시에 차 키를 건넸다.

자신은 김상현이 올 때까지 현장을 지킬 생각이었다. 하지만 이지아까지 세워 둘 필요는 없었다.

그러나 이지아는 혼자 차에 가고 싶지 않은 듯 고개를 저었다.

"나도 그냥 여기 있을래요. 그래도 되죠?"

"안 될 건 없다."

"그럼 단오 씨 옆에서 얌전히 기다리고 있을게요."

그녀가 생글생글 눈웃음을 지으며 흙바닥에 엉덩이를 깔고 주저앉았다.

정단오는 묘한 표정으로 이지아를 쳐다볼 뿐이었다.

어쨌든 이렇게 납치극이 끝나서 다행이었다. 박종훈의 전화를 받았던 순간, 정단오는 실로 몇 십 년 만에 당황이라는 감정을 느꼈다.

그런 걸 아는지 모르는지 이지아는 납치당한 사람치곤 너무 평온해 보였다.

그렇게 얼마나 지났을까?

둘이 있는 공터 아래쪽에서부터 익숙한 인기척이 느껴졌다.

남다른 감각을 지닌 정단오는 오랜 동료가 왔음을 알아차렸다.

"빨리 왔군."

"죽어라고 밟았습니다, 마스터."

땀을 뻘뻘 흘리며 뛰어온 사람은 다름 아닌 김상현이었다.

그는 공터의 참상을 확인한 뒤 인상을 찌푸렸다.

어지간한 광경은 아무렇지 않게 넘기는 그였지만 여기저기 쓰러진 조폭들과 완전히 망가진 박종훈의 모습은 목불인견이었다.

"이건 참…… 많이 화가 나셨군요."

"당연하지 않은가."

정단오는 쓸데없는 소리 하지 말라는 듯 김상현의 말을 잘랐다.

그는 손가락으로 박종훈을 가리키며 정확하게 지시를 내렸다.

"대충 치료해서 은밀한 곳에 감춰 두도록. 나머진 알아서 처리하고."

"알겠습니다. 이런 거야 제 전문 아닙니까."

"우린 먼저 가겠다."

"그러는 게 좋겠습니다. 지아 씨도 많이 놀랐을 텐데."

"글쎄, 나도 그렇게 생각했는데 너무 멀쩡하군."

정단오는 이지아를 보며 고개를 가로저었다.

그 말을 들은 이지아가 발끈해서 눈을 부라렸지만, 더 이상의 설전은 일어나지 않았다.

"먼저 가서 죄송해요. 늘 감사드려요."

"하하, 아닙니다. 오늘 일은 모두 잊고 푹 쉬십시오."

이지아와 김상현은 제법 살갑게 인사를 나눴다.

정단오는 말없이 그녀를 데리고 차가 세워진 공터 아래쪽으로 움직였다.

"타라."

차 문을 열어 준 그가 운전석에 앉았다.

그런데 정단오는 무슨 이유에서인지 시동을 걸지 않았다. 대신 고개를 돌려 이지아의 얼굴을 똑바로 마주 봤다.

"이지아."
"네, 네에?"
"티를 안 내도 무척 힘들었을 하루란 걸 알고 있다. 고생 많았다."
"아……."
이지아는 정단오의 위로와 격려가 어색한 듯 얼굴을 붉혔다.
하지만 정단오가 하려는 말은 아직 끝나지 않았다.
"그러나 나와 함께하면 오늘보다 더 힘든 일이 많을지도 모른다."
그때였다.
무거운 이야기를 꺼냈지만 이지아가 얼굴을 불쑥 내밀었다.
그녀는 조수석에서 정단오의 코앞으로 고개를 돌린 뒤 입을 열었다.
"단오 씨가 그랬잖아요. 날 지켜 줄 거라고."
"그랬다."
"그럼 지켜 줘요. 지금처럼. 오늘보다 더 힘든 일이 일어나도 변함없이."
"간단하군."
"그래요, 간단하죠? 그러니까 얼른 가요, 우리. 나 배고프단 말이에요."
이지아는 배를 부여잡고 우는 표정을 지었다.

그녀의 능청스러운 모습에 웃음이 나올 법도 했지만 정단오는 무뚝뚝하게 핸들을 잡았다.

"그럼 가도록 하지."

부우우웅—

이윽고 그가 액셀을 거세게 밟았다.

여기까지 왔던 것처럼 미친 듯이 질주하진 않아도 되었다. 그러나 정단오의 운전은 기본적으로 거칠기 짝이 없었다.

"또 이런다, 또! 배 안 고프니까 천천히 좀 가요, 단오 씨!"

조수석에서 이지아가 아무리 애원을 해도 액셀을 밟은 발에 힘이 풀릴 줄 몰랐다.

정단오를 멈춰 세우는 건 출퇴근길 서울의 교통 지체밖에 없다.

뻥 뚫린 도로에서는 누구도 그의 검은색 레인지로버를 통제하지 못했다.

쿠와아아앙!

레인지로버가 굵은 울음을 토해 내며 도심을 가로질렀다.

현재로선 가장 편안한 펜트하우스로 향하는 것이다.

그러나 펜트하우스의 위치가 노출됐으니 조만간 거점을 바꿔야 할 것 같았다.

아마 그 역시 김상현이 완벽하게 처리해 줄 것이다.

정단오는 부산의 암시장을 털어 막대한 돈을 손에 넣었다. 그렇기에 당분간 돈 걱정을 할 필요는 없었다.

이지아를 비롯해 미유나 다른 독립군 후손들을 지키며 거대한 적과 싸워야 하기에 사소한 걱정 따위가 비집고 들어올 틈조차 없는 것이다.

'다시는 잃지 않겠다. 아무리 위험한 전쟁을 벌여도 똑같은 실수를 반복하진 않으마.'

정단오는 아주 오래전, 자신의 연인이었던 이를 떠올렸다.

지금 그의 옆에는 그녀와 많이 닮은, 그러면서도 더 밝고 당찬 이지아가 앉아 있었다.

오성 그룹과 원로회라는 어마어마한 적을 조준하고 있지만 또다시 그녀를 잃을 순 없다.

핸들을 굳게 잡은 그의 손등 위로 선명한 핏줄이 드러났다.

정단오의 눈빛에서 형언하기 힘들 정도로 강한 의지가 엿보이는 것 같았다.

5장
오성 공화국

박종훈과 해운대파를 완전히 정리한 정단오가 가장 먼저 한 일은 아지트를 옮기는 것이었다.

강남의 펜트하우스는 노출됐다.

한 번 노출된 이상 두 번, 세 번은 너무 쉬운 일일 것이다.

그는 서울 시내에서 또 다른 등잔 밑을 찾았다.

접근성이 용이하면서도 타인에게 큰 관심을 두지 않는 거주 지역. 그런 곳은 역시 부촌(富村)일 수밖에 없었다.

"어떠십니까, 마스터?"

직접 부동산을 탐방하고 이사를 주도한 김상현이 질문을 던졌다.

그는 새롭게 꾸며진 아지트에 상당히 만족하는 눈치였

다. 아울러 정단오로부터 칭찬을 받기 위해 짐짓 생색을 내는 것이었다.

"훌륭하군."

정단오는 김상현의 속내를 알면서도 모르는 척 칭찬을 해 줬다.

이 충실한 조력자가 없었다면 모든 일을 스스로 해야 했을 것이다.

그 귀찮음을 떠올리니 칭찬이 절로 나왔다.

"이야—! 여기가 펜트하우스보다 훨씬 좋은데요? 더 비싸 보이기도 하구요."

이지아 역시 감탄을 아끼지 않았다.

강남 고급 아파트의 펜트하우스는 말도 안 되는 가격대를 자랑했다.

그런데 그보다 더 비싸 보인다니, 과연 이들의 새 아지트는 어디에 있단 말인가.

답은 간단했다.

정단오는 터전을 강남에서 강북으로 옮겼다.

강북의 전통적인 부촌이면서 조용한 사생활이 보장되는 곳, 바로 평창동이었다.

평창동은 독특한 구조로 이뤄진 동네다.

북악터널과 연결되는 대로변에서 동네 안쪽으로 들어서면 고급 빌라촌이 나온다.

거기까지만 해도 제법 깊숙한 곳인데 더 움직여 언덕을

올라야 주택가가 드러난다.

주로 기업의 회장들이 거주하는 주택가는 각 주택마다 너른 정원과 높은 담장을 가지고 있었다.

물론 친분이 있는 회장이나 오너들끼리 평창동 내부 모임을 갖기도 하지만, 마음을 먹으면 외부와 완전히 차단된 삶을 살 수 있는 동네였다.

주차장도 각 주택 내부에 개별적으로 딸려 있기에 차를 이용하면 바깥사람들과 마주칠 일이 전혀 없었다.

그렇다고 마냥 답답하지도 않았다.

집 밖에 나가지 않고도 주택에 딸린 넓은 정원에서 바람을 쐴 수도 있다.

여러모로 최적의 요건을 갖춘 아지트였다.

대신 펜트하우스를 후려칠 만큼 비싼 가격을 자랑했지만, 돈은 문제가 되지 않았다.

암시장을 털며 얻은 막대한 자금이 정단오의 차명 계좌에 꽂혀 있기 때문이었다.

"대충 정리는 된 것 같습니다."

이미 며칠 전부터 짐을 옮겼던 김상현이 손을 털며 말했다. 그는 정단오와 이지아를 번갈아 쳐다보았다.

"기념으로 맥주 한잔 어떠십니까?"

"좋아요!"

이지아는 망설이지 않고 고개를 끄덕였다.

치킨에 맥주. 치맥을 마다할 그녀가 아니었다.

정단오는 언제나처럼 별다른 감정 표현 없이 건조하게 대답했다.

"나쁠 것도 없군. 고생했다, 김상현."

"하하, 그럼 제가 근처에서 금방 사 오겠습니다."

김상현은 후다닥 주택 밖으로 뛰어 나갔다.

배달을 시키는 것보다는 그가 직접 사 오는 편이 안전하기 때문이다.

주택, 아니, 저택이라 불러도 될 곳에 남게 된 정단오는 이지아에게 말을 걸었다.

"여긴 훨씬 더 안전할 것이다. 내가 자리를 비울 땐 김상현의 부하들이 이곳과 너를 지켜 줄 테니 염려하지 않아도 된다."

그는 펜트하우스에서 벌어진 납치 사건을 계속 신경 쓰고 있었다.

정단오의 마음을 아는 이지아는 활짝 웃으며 능청을 떨었다.

"계속 마음에 두지 있었어요, 단오 씨? 괜찮아요. 트라우마 같은 것도 생기지 않으니까. 나 둔한 거 잘 알잖아요."

"다행이군."

"아무튼 마음에 들어요. 동네도 예전에 살던 부암동이랑 가깝구요."

부암동을 언급하던 그녀의 얼굴이 살짝 굳어졌다가

풀렸다.

문득 예전의 평범한 일상과는 너무 멀어진 자신을 발견했기 때문이다.

하나 그렇다고 마냥 우울해할 이지아가 아니었다.

현실을 받아들이고 긍정적으로 해석하는 데 있어선 이지아는 둘째라면 서러운 사람이었다.

바로 그런 점이 피도 눈물도 없어 보이는 정단오를 흔드는 부분이기도 했다.

철컥—

그때, 저택의 육중한 문이 열리는 소리가 들려왔다.

김상현이 양손에 치킨과 맥주를 들고 돌아온 것이다.

“이건 이사 턱으로 제가 내겠습니다!”

그는 잔디와 나무가 알맞게 자란 넓은 정원의 탁자 위에 치맥을 풀어 놓았다.

이지아는 본능적으로 치킨 가까이 달려가 앉았다.

정단오도 정원이 잘 보이는 방향에 앉아 맥주병을 들었다.

“새로운 보금자리를 위하여—!”

“위하여! 헤헤.”

김상현과 이지아가 주거니 받거니 건배를 했다.

정단오는 말없이 앉아 맥주를 들이켰다.

“캬하, 확실히 아파트보다 주택이 좋긴 좋습니다.”

김상현은 주위를 둘러보며 감탄을 터트렸다.

그렇게 편안한 분위기 속에서 새로운 아지트를 기념하는 자리가 이어졌다.

“마스터, 이런 날 꺼내기엔 어울리지 않는 이야기입니다만…….”

맥주를 몇 병 정도 비운 뒤 김상현이 조심스레 입을 열었다.

아무래도 뭔가 무거운 주제를 꺼내려는 것 같았다.

“앞으로의 계획에 대해 묻고 싶은 건가?”

“네, 그렇습니다.”

정단오는 그가 무엇을 궁금해하는지 알고 있었다.

김상현도 부정하지 않고 고개를 끄덕였다.

분위기가 바뀌자 신나게 치맥을 먹던 이지아도 귀를 쫑긋 세우고 둘의 대화에 집중했다.

“여러 일을 통해 오성 그룹 기획실과 원로회의 개입 여부가 확인되지 않았습니까? 그렇기에 마스터께서 어떤 식으로 그들에게 접근하실지 여쭤 볼 때가 된 것 같습니다. 선비촌의 사람들이 모처에 숨겨 놓으셨으니 말입니다.”

“독립군 후손들을 살해하고 아티팩트를 뺏은 주범이 바로 그들이다. 오성 그룹과 원로회. 정황으로 보면 둘이 손을 잡았다고 봐야 할 터. 그들이 아티팩트로 무엇을 하려는지 파악하는 게 첫 번째 목표다. 그러기 위해선 오성 그룹 쪽을 먼저 건드리는 게 나을 것 같다.”

“후우, 아시겠지만 어느 쪽이든 쉬운 상대는 아닙니다.

원로회는 말할 것도 없고, 현재의 대한민국은 오성 공화국이라 불릴 정도입니다. 그들의 영향력은 정재계 전반에 걸쳐 뿌리를 내리고 있습니다. 원로회와 손을 잡았다면 능력자들을 사사로이 부리고 있을지도 모릅니다."

"알고 있다. 특히 그룹의 후계자인 기획실장 이정철은 빈틈을 보이지 않을 것이다. 그러나 없는 틈도 만들어야 한다. 안 그런가?"

"생각해 두신 방법은 있으십니까?"

"오성 그룹의 이정철은 내가 직접 잡는다. 그를 통해 오성과 원로회의 목적을 알아낸 뒤 전북에 있다는 아티팩트 보관소를 공격할 것이다. 물론 그건 선비촌과 함께할 것이다."

말은 간단하지만 쉬운 일이 하나도 없었다.

김상현은 깊은 한숨을 내쉰 뒤 다시 말을 이었다.

"마스터께서 생각을 바꾸지 않으리란 건 잘 알고 있습니다. 대신 저는 주의해야 할 부분을 말씀드리겠습니다. 그게 제 역할이니 말입니다."

"충고는 언제나 환영한다."

"우선 이정철에 관한 것입니다. 그는 단순한 기획실장이 아니라 그룹의 후계자 지위를 굳힌 실세 중의 실세입니다. 때문에 어디를 가도 숨어 있는 경호팀이 따르고 있습니다. 김 검사나 유 의원처럼 사생활에 빈틈을 보이는 인물이 아닙니다. 게다가 이정철을 잡는 데 성공해도 그 뒤가 더 문제입니다. 이정철의 행방이 단 한 시간이라도 묘연해지면 오성 그룹 전체가 뒤집힐 겁니다. 그 말은 대한민국 전체가 뒤집힌다는 말과 동일합니다, 마스터."

김상현은 현실적인 어려움을 열거하며 정단오의 주의를 환기시키고 있었다.

그러나 정단오는 무표정한 얼굴로 고개를 끄덕일 뿐이었다.

"그렇게 대단한 인간이 무엇을 얻고자 독립군 후손들을 살해했는지 꼭 알아내야겠군. 아티팩트라는 것도 오성 그룹에겐 큰 의미가 없을 터인데."

"그거야…… 아티팩트에 담긴 힘이 워낙 강력하니 어떻게든 연구할 목적일 수도 있습니다."

"아무튼 알겠다. 계획을 실행하기 전에 필요한 것이 생기면 부탁하도록 하겠다."

"이전보다 더 신경을 쓰여야 합니다, 마스터. 여기 계신 지아 씨의 안전을 생각해서라도."

김상현은 이지아를 보며 의미심장한 말을 남겼다.

정단오의 움직임에 따라 그녀가 위험에 처할 수도 있었다. 그건 부정할 수 없는 사실이었다.

그때, 정단오가 팔을 뻗어 이지아의 어깨를 감쌌다.

"더 이상 그런 일은 일어나지 않을 것이다. 내가 허락하지 않겠다."

그의 의지는 확고부동했다.

이지아를 지키며 끝까지 전진하겠다는 뜻이 분명해 보였다.

김상현도 더는 염려하지 않고 치킨으로 손을 가져갔다. 정단오가 마음을 먹었으니 계속 같은 말을 하는 것도 실례였다.

다만 속으로 긴장할 뿐이었다.

'불멸의 마스터가…… 오성과 원로회를 조준했다. 이제 내게는 그를 막을 명분도, 이유도 없어졌다.'

CIA에서 엘리트 코스를 밟던 김상현도 긴장하게 만드는 정단오의 진면목은 아직 드러나지 않았다.

그가 진정한 분노를 드러내는 날, 한국과 세계의 운명이 바뀔지도 몰랐다.

* * *

정단오는 두 갈래로 일을 진행시켰다.

우선 오성 그룹 기획실장 이정철을 잡는 게 첫 번째 목표였다.

그다음은 서울의 모처에 잠입시킨 선비촌 사람들을 시켜 원로회 아티팩트 저장소의 정확한 위치를 알아내게 만들었다.

선비촌 사람들은 활동에 제약이 있었지만, 반대로 생각하면 숨겨 둔 비장의 무기였다.

본격적으로 나선 그들이 힘을 발휘하면 아티팩트 저장소의 위치를 알아낼 가능성이 충분했다.

정단오는 그사이 이정철을 잡아내고 연달아 아티팩트 저장소도 깨트릴 계획이었다.

'저것이군.'

그렇기에 정단오는 지금 오성 그룹 본사 빌딩 근처에 나와 있었다.

그는 방금 전 지하 주차장으로 들어간 검은색 고급 차량을 유심히 지켜봤다.

바로 저 차 안에 이정철이 타고 있었다.

그가 출퇴근에 이용하는 차량과 사생활에 이용하는 차량의 정보는 김상현으로부터 얻었다.

오늘은 직접 이정철의 행적을 쫓기 위해 이곳까지 나온 것이다.

하나 앞서 김현수 검사와 유 의원에게 했던 것처럼 무턱대고 납치를 할 순 없었다.

김상현이 충고했듯 이정철은 그런 식으로 낚을 수 있는 상대가 아니었다.

일단은 미행을 하면서 행동 패턴을 익힌 뒤 빈틈을 찾아야했다.

'지루해도 기다릴 수밖에.'

정단오는 근처에 세워 놓은 레인지로버로 향했다.

이정철이 다시 나오려면 시간이 꽤 걸릴 것이다. 그때까지 주위를 벗어나지 않고 대기할 생각이었다.

삐이이이—

마침 그가 차에 오르자 전화벨이 울렸다.

정단오에게 직접 전화를 할 사람은 김상현과 이지아뿐이다.

이번엔 김상현이었다.

"마스터, 오성 그룹에 나가셨습니까?"

"그렇다."

"알겠습니다. 전 말씀하신 대로 선비촌 사람들에게 지령을 전달했습니다."

"반응은 어떻던가?"

"은밀함을 유지하면서 총력을 기울이겠다고 합니다. 마스터께서 이정철을 잡아내기 전까지 아티팩트 저장소의 위치를 파악하겠다고 약속했습니다."

"알겠다. 무리하지 말라고 이르도록."

"네. 마스터께서도 조심하십시오."

"나중에 다시 통화하지."

정단오는 용건만 주고받은 뒤 전화를 끊었다.

김상현과 선비촌은 나름의 역할을 충실히 수행하기 위해 노력하고 있었다.

그도 뒤처질 순 없었다.

차 안에 몸을 기댄 정단오의 눈빛이 날카롭게 반짝였다.

그의 모습은 먹이를 잡기 위해 한나절 내내 웅크리고 있는 맹수를 닮은 것 같았다.

그렇게 한참의 시간이 지나갔다.

정단오는 최소한의 움직임을 제외하곤 웬만해선 차 밖으로 나오지 않았다.

퇴근 시간을 넘겼는데도 이정철은 보이지 않았지만 정단오는 인내심을 가졌다.

저녁도 거르고 주차장 입구만 쳐다보고 있으려니 눈이 지끈거렸다.

한데 그 순간, 아침에 봤던 검은색 차량이 미끄러지듯 지상으로 빠져나왔다.

부와앙—

정단오는 곧바로 레인지로버의 시동을 켰다.

우렁찬 엔진음이 오랜 기다림을 보상하듯 그를 반겨 줬다.

'너무 가까이 다가서면 곤란하다. 거리를 두고 적당히. 어차피 오늘은 날이 아니다.'

정단오는 스스로를 다독이며 조금 떨어진 채 검은 차량을 쫓았다.

이정철이 퇴근해서 어디를 들르는지 행동 패턴을 파악하기만 하면 되었다.

굳이 오버해서 경각심을 심어 줄 필요는 없었다.

설령 중간에서 그를 놓치더라도 무리하게 미행하는 것보

다는 나올 터.

정단오는 여유라는 단어를 상기하며 조심스레 차를 몰았다.

평소와 달리 부드럽게 핸들을 돌리며 이정철의 차를 따라가는 모습이 매우 신중해 보였다.

다행히 시내에는 차들이 많아 한적한 곳으로 가지 않는 이상 미행이 들킬 염려는 없었다.

'이정철, 너의 모든 것을 파악하겠다.'

정단오는 입술을 꽉 다물고 운전에 온 신경을 집중시켰다.

오성 그룹이라는 거대한 적을 쓰러트리기 위한 첫 번째 걸음이 시작된 것이다.

* * *

정단오는 일주일 내내 이정철의 뒤를 쫓았다.

늘 똑같은 레인지로버를 타면 의심을 살 수 있기에 날마다 다른 렌트카를 이용했다.

그러나 특별히 수상한 점이나 빈틈을 발견하진 못했다.

이정철의 행동 패턴은 김상현이 말해 준 것처럼 완벽하기 그지없었다.

퇴근을 한 후 정계나 재개의 인사를 만나거나 공식 행사에 참석한다.

그 외에는 바로 귀가하거나 가끔 오성 그룹 미래 전략실에 들러 회의를 주재하기도 하였다.

흔히 재벌 2세라면 연예인이나 미모의 여인들과 내연 관계를 맺고 난잡한 사생활을 즐길 거라 착각하기 쉽다.

하지만 가진 게 많은 이들일수록 자기 관리에 더 철저한 법이었다.

더군다나 이정철은 오성 그룹의 오너인 아버지로부터 신뢰를 받아야 하는 입장이었다.

그렇기에 더욱 몸가짐에 신경을 쓰는 것 같았다.

'김상현의 말이 틀리지 않았군.'

정단오는 새로운 아지트인 평창동 저택의 정원에 앉아 고민을 거듭했다.

이정철의 사생활에서 빈틈을 찾기란 모래알에서 바늘 찾기 만큼이나 어려웠다.

만약 능력을 이용해 그를 납치하면 당장 오성 그룹과 대한민국이 비상 체제로 돌입할 것이다.

오성 그룹 차기 오너는 대한민국에서 여당의 당대표보다 더 중요한 자리였다.

그의 신변에 이상이 생기면 암암리에 나라 전체가 나설 가능성이 높았다.

당연히 경거망동을 할 수 없는 문제였다.

'방법은 하나밖에 없다.'

처억.

뭔가 해결책을 찾아낸 것일까?

고민을 끝낸 정단오가 의자에서 일어났다.

그의 눈앞에는 정원에 심겨진 각종 나무와 풀이 푸른빛을 발하고 있었다.

하지만 그는 무미건조한 표정으로 전화기를 들었다.

"네, 마스터."

"해야 할 일이 있다."

수화기 너머에서 들여온 목소리의 주인은 역시 김상현이었다.

그는 지금 한국 각지의 독립군 후손들을 보호하며 선비촌과 연계해 전북 지방의 아티팩트 저장소를 찾는 중이었다.

막중한 책임을 지고 있지만 언제나 정단오에겐 한결같이 밝은 모습을 보여 주는 것이다.

"이정철과 관련된 일입니까?"

"그렇다. 우선 항공 전문가를 불러야겠다. 그 외에도 세팅할 것이 여러 가지다."

"항공 전문가를요?"

한국은 대부분의 항공 전문가들이 공군, 아니면 대형 항공사에 소속되어 있다.

그렇기 때문에 민간에서 자유롭게 활동할 수 있는 항공 전문가를 찾는 게 쉬운 일이 아니었다.

김상현은 정단오의 생각이 궁금해져 질문을 던졌다.

"항공 전문가야 어떻게든 찾을 수 있겠습니다만, 어떤 계획을 세우셨습니까?

"비행기밖에 없다."

"네?"

"이정철은 전용기를 이용하지 않는다고 들었다. 그러니 그의 해외 출장을 노리는 수밖에."

"설마…… 하이재킹이라도 하겠다는 말씀이십니까, 마스터?"

"안 될 것도 없지 않나."

하이재킹, 즉 비행기를 납치하는 건 세계적으로 가장 심각한 중범죄에 해당했다.

하지만 정단오는 태연한 얼굴로 하이재킹을 언급하고 있었다.

그가 이정철의 뒤를 쫓으며 느낀 결과, 하이재킹 외에는 다른 방법이 없다고 판단했기 때문이다.

"위험부담이 상당할 겁니다."

"뭔가 착각을 하고 있군."

"네?"

정단오는 잔뜩 긴장한 김상현에게 자신이 생각하는 바를 살짝 알려 줬다.

"하이재킹이라고 해서 비행기를 완전히 납치할 필요는 없다."

"그럼……?"

"요즘 유행하는 영화 중에 인셉션이란 게 있더군. 혹시

봤나?"

"크리스토퍼 놀란 감독의! 그 인셉션처럼?"

김상현은 놀란 눈으로 소리를 질렀다.

정단오가 말한 하이재킹이 어떤 의미인지 알아차린 모양이었다.

영화 인셉션에서 보면 주인공 일행은 타깃의 전용기를 운항하지 못하게 한다.

그런 뒤에 퍼스트 클래스에 탑승해 승무원과 짜고 타깃을 혼수 상태에 빠트린다.

일련의 과정을 통해 목적을 이룬 주인공 일행은 아무렇지 않은 얼굴로 비행기에서 내린다.

목표물이 됐던 타깃도 긴 잠에서 깨어나 아무것도 모른 채 비행을 마쳤다.

결국 주인공 일행을 제외하면 누구도 하이재킹을 알아차리지 못한 것이다.

정단오는 그와 비슷한 방법으로 이정철을 낚아챌 계획이었다.

독립군 후손 살인 사건의 배후에 있는 오성 그룹 기획실장을 잡지 못하면 진실에 접근할 수 없다.

그를 잡고 진실을 알아내기 위해서라면 뭐든 해야 했다.

하이재킹에 따르는 위험 요소가 아무리 크다고 해도 마다 할 상황이 아니었다.

"이정철의 출장 계획과 비행 스케줄을 확인해라. 당연히 장거리 비행이 좋다."

"알겠습니다, 마스터."

평정을 되찾은 김상현이 고개를 숙였다.

어렵긴 해도 인셉션처럼 분명한 계획을 가지고 은밀한 하이재킹을 한다면 성공할 가능성이 있다.

어두워졌던 김상현의 표정이 밝아진 데에는 이유가 있었다.

누구보다 뛰어난 판단력을 가진 그가 정단오의 계획에 신뢰를 보낸 것이다.

이로써 다른 사람도 아닌 오성 그룹의 후계자를 하늘에서 낚아채기 위한 작전이 실행됐다.

대한민국이 아니라 오성 공화국이라 불리는 이 땅에서 과연 가능한 일일까?

상식적으로는 절대 불가능하다고 봐야 한다.

인셉션도 영화일 뿐이지 결코 현실은 될 수 없다.

하지만 작전을 실행하는 사람들이 김상현과 정단오, 그리고 이지아였다.

영화 속 주인공보다 훨씬 뛰어난 능력자들이 움직였으니 두고 볼 일이다.

그들이라면, 특히 불멸의 마스터 정단오라면 불가능을 가능으로 바꾸는 게 취미인 사람이 아닌가.

* * *

이정철의 하루는 바쁘게 흘러갔다.

드라마에 나오는 것처럼 재벌 2세의 생활이 여유로울 리 없었다.

하루에도 결정해야 하는 일이 산더미 같았고, 그룹의 암묵적인 후계자로서 배워야 하는 것도 한두 가지가 아니었다.

더군다나 그는 연로한 회장을 대신해 해외 출장과 순방에서도 얼굴 마담 역할을 하고 있었다.

이번 달에도 미국을 비롯해 북미 국가를 순회하는 일정이 잡혀 있었다.

보통 사람들은 해외 출장을 반쯤 여행으로 생각하겠지만, 일분일초를 허투루 쓰지 않는 오성 그룹의 출장은 여행과 비교할 수 없었다.

물론 비행기의 퍼스트 클래스와 현지의 최고급 호텔 스위트룸에서 묵지만, 그렇다고 해서 호화롭게 여유를 즐기는 건 불가능했다.

빡빡한 순회 일정을 소화하다 보면 잠자는 시간도 부족해지기 마련이었다.

"실장님, 오늘은 더 이상의 일정이 없습니다."

"그럼 집에 들어가 좀 쉬어야겠군."

이정철은 차량 뒷좌석에서 비서의 보고를 받았다.

하루 종일 이리저리 돌아다니며 중요한 사람들을 만났다.

장거리 해외 출장을 앞두고도 쉴 틈이 없으니 피가 바싹 마르는 느낌이다.

하지만 이것이 익숙한 일상이기에 딱히 힘들진 않았다.

더 많은 것을 가지며 더 많은 사람을 발아래에 두기 위해선 당연히 남들보다 더 많은 일을 해야 한다.

이정철은 태어나는 순간부터 이런 삶을 운명으로 받아들인 사람이었다.

"그럼 내일 모시러 오겠습니다. 편히 쉬십시오, 실장님."

자택에 도착하자 비서와 경호원, 운전기사가 모두 차에서 내려 인사를 했다.

이정철은 그들을 뒤로하고 집으로 들어갔다.

내일은 북미 출장을 떠나는 날이다.

가뜩이나 요즘 해운대파 박종훈과 연락이 끊겨 짜증이 극에 달해서 잠을 잘 못 잤다.

하지만 출장을 앞뒀으니 오늘만큼은 푹 자야 한다.

'원로회와의 협상은 북미를 다녀와서 생각해야겠어. 그리고 박종훈 이 머저리 같은 놈을 찾아내는 것도.'

그는 집에 들어선 순간까지 복잡한 생각을 하고 있었다.

바로 내일, 자신의 운명이 어떻게 될지 전혀 예상하지 못하는 것이다.

날이 밝았다.

짧은 휴식을 취한 이정철은 아침 일찍 집에서 나왔다.

그룹의 회장이자 오너인 아버지께는 어제 인사를 드렸기에 따로 찾아갈 필요가 없었다.

"조심해서 다녀오세요."

"그래, 애들 잘 보고."

한때 연예계 최고의 톱스타였던 부인이 그의 와이셔츠 깃을 다듬으며 배웅을 했다.

이정철은 목을 좌우로 꺾으며 대기하고 있던 차에 올라탔다.

"공항으로 모시겠습니다, 실장님."

"밤사이 별일은 없었겠지?"

"네."

"좋아. 공항으로 가."

"알겠습니다."

말이 끝남과 동시에 검은색 대형차가 미끄러지듯 부드럽게 움직였다.

차 안에는 이정철과 비서, 경호원과 운전기사, 이렇게 네 명이 타고 있었다.

이정철이 어디를 가도 동행하는 최소 인원이자 심복들인 것이다.

스르르르—

아직 이른 시간이라 길은 막히지 않았다.

넷을 태운 차는 완벽에 가까운 승차감을 선사하며 영종

도로 달려갔다.

그렇게 한 시간 정도가 지났을까?

이정철은 차창 밖으로 인천 국제공항을 바라봤다.

“공항도 지겨워지네.”

그의 혼잣말을 들은 비서가 옆에서 기분을 맞추었다.

“워낙 해외 출장이 잦으시니…… 그래도 회장님께서 실장님을 믿는다는 뜻이 아니겠습니까.”

“그건 그렇지. 아버님께서 해외 순방과 대외 행사에 나를 보내시는 빈도가 점점 늘고 있어.”

“외부에서도 착실하게 경영권 승계가 이뤄지고 있다는 뜻으로 받아들일 겁니다.”

“그런가? 그래, 그래야지. 하하!”

비서의 말에 이정철의 입꼬리가 올라갔다.

사실 최근 들어 골치 아픈 일들이 많았다.

특히 능력자들의 세계인 원로회와 은밀한 계약을 맺은 게 가장 문제였다.

게다가 일을 맡겨 놓은 박종훈은 완전히 잠수를 타 버렸으니 답답할 수밖에 없었다.

그러나 북미로 출장을 떠나기에 앞서 기분이 조금은 좋아졌다.

무슨 일이든 일단 해외 출장을 마치고 돌아오면 어느 정도 실타래가 풀릴 것 같았다.

“VIP 라운지로 가시지요, 실장님.”

국제선 출발 입구에서 운전기사가 차를 세우고 문을 열었다.

기사의 역할은 여기까지였다.

북미 출장에는 비서와 경호원만 동행할 예정이었다. 어차피 미국에도 운전기사는 많기 때문이다.

"직항이라고 해도 제법 피곤하겠어."

"항공사 측에서 특별히 신경을 쓸 겁니다."

"그래, 뭐. 한두 번 가는 것도 아니고. 라운지로 가지."

"네."

이정철은 수행원이나 다름없는 비서와 경호원을 이끌고 VIP 라운지로 향했다.

하나 그는 꿈에도 생각하지 못하고 있었다.

그가 공항에 도착한 순간부터 뒤를 지켜보고 있는 시선의 존재를.

"마스터, 이정철이 도착했습니다."

선글라스를 낀 채 이정철의 동태를 확인한 김상현이 보고를 올렸다.

대한민국을 움직이는 오성 그룹의 후계자, 그를 위한 하이재킹이 실현되고 있었다.

6장
하이재킹

항공사에서는 비즈니스 클래스에 탑승하는 손님을 우대해 준다.

그들은 공항 내부의 특별한 라운지를 이용할 수 있고, 탑승할 때와 내릴 때 우선적으로 움직인다.

그래서 이코노미 좌석의 승객들은 비즈니스 클래스의 손님들이 움직인 다음에야 탑승을 하거나 내릴 수 있었다.

뿐만 아니라 기내에서도 두꺼운 커튼으로 이코노미 클래스와 차단이 되어 있고, 기내식부터 서비스까지 모든 게 다르게 제공된다.

비즈니스 클래스가 이럴 정도인데 퍼스트 클래스는 따로 말할 필요가 없었다.

애초에 비즈니스보다 상위 등급인 퍼스트 클래스 좌석이

따로 있는 비행기 기체도 드물었다.

그러나 이정철이 탑승하는 미국행 보잉기에는 퍼스트 클래스 승객들을 위한 좌석이 분리돼 있었다.

VIP 라운지에서 바로 탑승을 하면 비즈니스 클래스나 이코노미 클래스의 승객들과 마주칠 일 자체가 없었다.

승무원들 또한 퍼스트 클래스 전용으로 VIP 접대 훈련을 받은 사람들이었다.

그렇기에 굳이 전용기를 이용하지 않아도 이정철의 까다로운 입맛을 만족시킬 수 있었다.

물론 편하기로 따지면 전용기를 이용하는 게 제일이다.

오성 그룹 정도면 전용기를 만드는 건 일도 아니었다. 하지만 국내 정서를 고려해야 했다.

보수적인 대한민국 땅에서 재벌이 전용기를 사용하면 여론이 나빠질 게 분명했다.

오성 공화국 안에서 왕족보다 더한 권리를 누리고 살아가는 재벌이지만, 대신 여론을 신경 써야 한다는 약간의 페널티도 가지고 있었다.

어쨌거나 그 덕에 정단오는 하이재킹이라는 위험한 작전을 수립할 수 있었다.

만약 이정철이 전용기를 이용했다면 이 작전은 시작도 못 했을 것이다.

"탑승하실 시간입니다."

단아한 미모의 승무원이 호화롭게 꾸며진 VIP 라운지

로 들어왔다.

그녀는 VIP 라운지에 앉아 있는 사람들에게 일일이 찾아가 공손한 태도로 탑승 시간이 됐음을 알렸다.

같은 라운지 안에 있어도 퍼스트 클래스의 승객들은 프라이버시를 지킬 수 있다.

라운지 공간이 워낙 넓은데다 자리마다 개별적인 칸막이가 설치되어 있기 때문이었다.

"가도록 하지."

"네, 실장님."

이정철은 승무원의 안내를 받아 자리에서 일어났다.

보통 출장을 갈 때 임원들은 비즈니스나 퍼스트 클래스를 이용해도 수행원은 이코노미에 앉는 게 일반적이다.

하지만 이정철은 비서와 경호원에게도 퍼스트 클래스 티켓을 끊어 줬다.

믿을 만한 수행원을 대우해 주는 건 그의 아버지부터 시작된 오성 그룹의 전통이었다.

"우리도 가야겠군."

"알겠어요. 내가 퍼스트 클래스를 타게 되다니, 헤헤."

"너무 들뜬 티를 내면 안 됩니다, 지아 씨."

라운지 구석에 앉아 있던 정단오와 이지아, 김상현이 자리에서 일어났다.

셋은 이정철이 탑승하기를 기다렸다가 움직인 것이다.

그들 외에도 승객이 몇 명 더 있었지만, 문제될 건 없었다.

오늘 퍼스트 클래스에 탑승하는 승객은 모두 김상현이 심어 놓은 사람들이었다.

당연히 여권은 가짜였고, 외국계 회사의 임원 신분도 조작된 것이었다.

"환영합니다."

"최고의 서비스로 모시겠습니다."

탑승구에 다다르자 퍼스트 클래스를 담당하는 전용 승무원들이 허리를 숙였다.

정단오는 별말 없이 기내에 탑승했다.

이지아가 들뜬 기색을 보였지만, 아직은 움직일 때가 아니었다.

"와—! 여기 진짜 장난 아니네요?"

"조용히."

"칫, 알겠어요."

이지아는 입을 다문 채 여기저기를 두리번거렸다.

이코노미도 타 본 적 없는 그녀에게 퍼스트 클래스는 신세계나 다름없었다.

하지만 작전을 위해 태연한 척을 해야 한다.

그녀는 정단오의 손에 이끌려 지정된 좌석에 앉았다.

개별적으로 독립된 좌석은 침대나 다름없었다.

의자를 기울이면 다리를 쭉 뻗을 수 있게끔 침대 모양이 되고, 전면에는 영화나 드라마를 즐길 수 있는 모니터가 나와 있었다.

'이륙 후 세 시간. 그때까지 편히 쉬어라, 이정철.'

정단오는 넓은 좌석에 앉아 시계를 쳐다봤다.

모든 것은 정해진 계획대로 될 것이다.

약속의 시간까지 겨우 세 시간이 남았다.

곧 이륙을 알리는 안내 방송이 나왔다.

부와아아아아아앙—!

이어 자동차와는 비교할 수 없는 소리를 내며 비행기가 활주로를 질주해 공중으로 날아올랐다.

이지아는 창문 쪽에 붙어 점점 작아지는 지상의 풍경을 바라보았다.

그녀 역시 이번 작전에서 중요한 임무를 맡았다.

단기간에 진실을 캐내려면 마음을 읽는 그녀의 능력이 필수적이었다.

"잠시 쉬도록. 눈을 붙여도 좋다."

정단오가 말을 하자 이지아는 대충 고개를 끄덕였다.

세 시간이 지나려면 아직 멀었기에 마음 놓고 퍼스트 클래스를 누리려는 것이다.

반대편에 앉은 김상현은 그런 둘의 모습을 바라보며 조용히 미소 짓고 있었다.

비행기가 하늘로 떠오른 지 세 시간이 지났다.

그사이 승무원들은 뜨거운 물수건과 음료, 그리고 간단한 애피타이저를 제공했다.

조금 있으면 첫 번째 기내식이 제공될 차례였다.

"크흠."

그때, 김상현이 헛기침을 했다.

그것을 신호로 정단오가 이지아의 옆구리를 찔렀다.

잔뜩 신이 나서 퍼스트 클래스를 구경하던 그녀가 깜빡 졸고 있었기 때문이다.

"음, 으음?"

눈을 뜬 그녀가 주위를 두리번거렸다.

정단오는 이지아의 귓가에 입술을 가져갔다.

"조용히 앉아 있도록."

그의 숨결을 느낀 이지아가 빨개진 얼굴로 고개를 끄덕였다.

정단오는 가만히 팔을 들어 승무원을 불렀다.

"무엇을 도와드릴까요, 고객님."

가까이 다가온 승무원은 한눈에 봐도 대단한 미인이었다.

그녀가 허리를 숙이며 정단오와 눈을 맞췄다.

"시작하지."

"바로 준비해 드리겠습니다, 고객님."

승무원은 미소를 지으며 다시 허리를 숙였다.

정단오의 목소리가 워낙 작았기에 누가 봐도 평범한 광경이라 생각할 것이다.

아마 와인이나 위스키 정도를 부탁했을 거라 여길 게 분명했다.

하지만 실상은 전혀 달랐다.

정단오는 시작을 말했고, 승무원은 준비를 하겠다고 대답한 것이었다.

사실 대한민국 국적 항공사의 비행기 전체를 포섭하는 건 매우 어려운 일이다.

그러나 퍼스트 클래스를 담당하는 전용 승무원을 회유하는 건 충분히 가능했다.

그녀는 밖으로 나가 삼십 분 정도 들어오지 않을 것이다.

퍼스트 클래스를 전담하는 나머지 승무원 몇 명도 함께 포섭됐기에 마찬가지로 안을 기웃거리지 않을 터.

지금부터 삼십 분 동안 퍼스트 클래스는 오로지 정단오의 세상이 된다.

처억.

스으윽—

정단오와 김상현이 약속이라도 한 듯 동시에 일어났다.

둘은 화장실에 가는 척 복도로 나와 천천히 걸었다.

목표는 이정철의 비서와 경호원이었다.

퍼스트 클래스의 나머지 승객들은 김상현이 심어 놓은 사람이기에 신경 쓸 필요가 없었다.

저벅저벅.

그들의 발자국 소리가 이정철 일행의 의자 쪽으로 울려

퍼졌다.

의자라고 해도 침대나 다름없는 좌석이다.

하지만 둘 모두 잠들어 있진 않았다.

비서는 북미 순방을 위한 서류를 검토 중이었고, 경호원은 이정철의 동향을 살피고 있었다.

비행기 안에서도 각자의 업무를 소홀히 하지 않는 것이다.

한데 그때였다.

쐐애액—

경호원의 좌석 옆을 지나치던 정단오가 예고 없이 팔을 뻗었다.

칼날처럼 날카로운 수도(手刀)가 경호원의 급소를 강타했다.

즈으으응!

그와 동시에 김상현은 몰래 들여온 전기 충격기로 비서를 기절시켰다.

"큽!"

경호원은 헛바람을 삼키며 축 늘어졌다. 전기 충격기에 당한 비서는 비명조차 지르지 못했다.

"뭐, 뭐야?"

창밖을 쳐다보다 뒤늦게 상황을 인지한 이정철이 눈을 부릅떴다.

그러나 애석하게도 퍼스트 클래스 안에는 오성 공화국의

황태자를 도와줄 사람이 없었다.

콰악!

정단오의 하얀 손이 그의 목을 틀어잡았다.

"켁, 케켁—!"

이정철은 겨우 숨을 쉬며 죽어 가는 강아지처럼 헥헥거렸다.

크게 소리를 지르고 싶어도 목줄이 틀어 잡혀 아무것도 할 수 없었다.

정단오는 허리를 숙여 이정철의 귓가에 입을 가까이 가져갔다.

"헛된 기대는 버려라. 이곳에서 넌 혼자니까."

"크으으읍……."

이정철은 호흡이 차단된 상태에서 극도의 공포를 느꼈다.

정단오가 말한 것처럼 하늘 위에서는 오성 공화국의 황태자를 도울 사람아 아무도 없었다.

1%만 이용할 수 있는 퍼스트 클래스가 이정철에겐 되레 감옥이 된 것이다.

투욱.

곧이어 이정철이 의식을 잃었다.

보통 사람은 강제로 호흡이 차단되면 7초 만에 의식을 잃는다.

자발적으로 숨을 참는 것과는 비교할 수 없는 고통이 몸을 옥죄기 때문이다.

"완벽합니다, 마스터."

눈 깜빡할 사이에 퍼스트 클래스를 장악한 김상현이 낮은 목소리로 성공을 알렸다.

주어진 시간은 그리 길지 않다.

전담 승무원들을 매수했어도 무작정 시간을 끌 수는 없는 노릇이었다.

정단오는 직접 경호원과 비서가 완전히 쓰러진 걸 확인하고 이지아를 불렀다.

"너를 믿는다."

그의 말이 이지아의 가슴을 울리게 만들었다.

그녀는 고개를 들어 물끄러미 정단오의 얼굴을 바라봤다.

분명 사람의 마음을 읽는 능력자로서의 자신을 믿는다는 말이었다. 그럼에도 불구하고 주책맞은 심장이 왜 이리 빨리 뛰는지 모를 일이었다.

"열심히 해 볼게요."

"열심히는 무의미하다. 이 기회가 마지막이다."

정단오는 괜히 겁을 주는 게 아니었다.

실제로 이정철을 잡아 두고 마음을 읽어낼 기회는 지금뿐이었다.

한 번 하이재킹에 당한 이정철이 두 번 당하지는 않을 것이다.

여기서 소득 없이 그를 놓아주면 다시는 이정철의 얼굴을 보지 못할지도 몰랐다.

이지아는 막중한 책임감을 느끼며 쓰러진 이정철 가까이 다가갔다.

'이 사람이…… 오성 그룹의 후계자?'

그녀는 TV나 뉴스에서만 보던 이정철이 의식을 잃고 쓰러졌다는 게 실감이 안 났다.

더군다나 자신이 그의 마음을 읽고 정보를 캐내야 한다는 건 더더욱 비현실적으로 느껴졌다.

능력자들의 세계에서 주시자의 눈으로 마음을 읽은 것과는 차원이 다른 일이었다.

이정철은 엄연히 현실에 뿌리를 박고 살아가는 재벌 2세이자 재계의 거물이다.

그 어떤 때보다, 심지어 처음으로 주시자의 눈을 쓰던 때보다 더 떨리는 게 당연했다.

처억.

그때, 정단오의 손이 이지아의 머리를 어루만졌다.

그는 그녀의 머리칼을 쓰다듬으며 나직한 음성으로 힘을 줬다.

"넌 할 수 있다."

"정말 해낼 수 있을까요?"

이지아는 묘한 안정감을 느끼며 질문을 던졌다.

그러자 정단오는 한 치의 망설임도 없이 고개를 끄덕이

며 대답했다.

"자신을 믿어라. 내가 널 믿는 것처럼."

"단오 씨가 나를 믿어 주는 것처럼…… 알겠어요. 나를 믿을게요."

딱딱하게 굳어 있던 그녀의 얼굴 위로 희미하게나마 미소가 번졌다.

이지아에게 있어 정단오는 어느새 의지하고 기댈 수 있는 몇 안 되는 사람이 되었다.

고오오오—

이윽고 보이지 않는 기운이 그녀의 주위로 퍼져 나가기 시작했다.

눈을 감은 이지아가 정신을 집중하며 자신 안의 능력을 일깨우고 있는 것이다.

우우웅!

그녀의 하얀 목에 걸린 펜던트가 저절로 떠올랐다.

목줄을 진동시키며 허공에 뜬 펜던트에서 하얀빛이 솟아나고 있었다.

주시자의 눈이 주인의 명을 받아 아티팩트로서 힘을 발휘하는 것이다.

정단오와 김상현은 날카로운 눈빛으로 주시자의 눈을 쳐다봤다.

이제 십자가 모양의 펜던트가 하이재킹의 성패를 가를 것이다.

산전수전을 다 겪은 그들도 지금 이 순간만큼은 긴장할 수밖에 없었다.

쏴아아아!

곧이어 펜던트에서 뿜어진 빛이 이정철의 몸을 휘감았다.

눈을 감은 이지아와 쓰러진 이정철이 주시자의 눈을 매개로 하여 연결되고 있었다.

"으음……."

그때, 이지아가 신음을 흘렸다.

그녀의 이마에선 식은땀이 줄줄 흘러내리는 중이었다.

상대가 의식을 잃었기에, 그리고 이정철의 마음이 생각보다 단단하기에 힘이 드는 모양이었다.

"가능하겠습니까, 마스터?"

그녀를 지켜보던 김상현이 조심스레 입을 열었다.

그는 이지아가 실패할 가능성을 염두에 두고 있었다.

그렇게 되면 이 거대한 하이재킹 작전이 수포로 돌아갈지도 모르기 때문이다.

하지만 정단오는 고개를 끄덕이며 이지아에 대한 신뢰를 나타냈다.

"이지아는 스스로 생각하는 것보다 훨씬 뛰어난 능력자다. 어쩌면 이번 일을 통해 한 단계 더 성장할지도."

"그래도 만에 하나의 대비는 해야 하지 않겠습니까? 이정철의 마음을 읽지 못하면 차선책을 준비해야 합니다."

"우리가 세운 모든 계획은 이지아가 이정철의 마음을 읽었을 때 가능한 일들이다. 그렇지 않나?"

"맞습니다."

"그럼 차선책은 없다. 그녀가 실패하면 차선이 아니라 극단적인 방법을 쓰는 수밖에."

"극단적인……."

"비행기가 도착하면 이정철을 데리고 미국 서부로 잠적할 것이다. 그리고 나서 실토를 하게 만들어야지."

"마스터, 그에 따르는 위험부담이 너무 큽니다!"

김상현은 저도 모르게 언성을 약간 높였다.

물론 퍼스트 클래스를 장악하며 일종의 하이재킹을 한 것 자체도 어마어마한 일이었다.

하지만 오성 그룹의 후계자를 공항에서 납치해 미국의 모처에 은신하겠다는 발성은 차원이 다른 것이었다.

미국 정부는 물론이고, 자칫하면 원로회의 미국 지부까지 나서게 될 일이었다.

하지만 정단오는 느긋한 표정으로 김상현을 다독였다.

"그러니 이지아가 성공하길 기다리고 있으면 된다."

대체 저 자신감은 어디서 나오는 것일까?

수백 년의 세월을 살다 보면 저런 평정심과 배짱을 얻게 되는 것일까?

김상현은 정단오를 오랫동안 알아 왔지만 매번 혀를 내두를 수밖에 없었다.

쿠그긍—!

그때였다.

갑자기 이지아와 이정철 사이에서 이상한 소리가 울리기 시작했다.

잘못하면 퍼스트 클래스 밖으로 소리가 새어 나갈 것 같았다.

정단오와 김상현, 그리고 김상현이 깔아 놓은 퍼스트 클래스의 승객들은 눈을 크게 뜨고 현장에 집중했다.

허공에 떠오른 주시자의 눈이 목걸이 줄을 끊을 것처럼 강하게 진동하고 있었다.

"으으음……."

이지아의 입술 사이로 다시 한 번 신음이 흘러나왔다.

눈을 감은 그녀의 표정이 불편해 보였다.

하지만 이 순간, 그녀를 도와줄 수 있는 사람은 아무도 없었다.

이것은 온전히 그녀만의 싸움이었다.

'뭔가 보이기 시작했어.'

눈을 감은 이지아의 머릿속으로 불투명한 이미지들이 떠올랐다.

이정철이 그동안 자주, 그리고 강하게 생각했던 것들이 먼저 나타나는 것이다.

하지만 이미지를 제대로 파악하는 게 쉽지 않았다.

이정철 정도의 인물은 능력자는 아니더라도 어려서부터

다양한 트레이닝을 받는다.

지적인 숙련도가 높기에 마음을 읽는 게 어려울 수밖에 없었다.

하지만 이지아도 포기하지 않았다.

주시자의 눈을 사용하는 시간이 길어지며 체력이 바닥났지만, 끝까지 집중을 거듭했다.

'할 수 있어. 해내야 해. 단오 씨가…… 날 믿고 있으니까.'

그녀는 자신의 머리를 쓰다듬어 주던 정단오의 손길을 기억했다.

다시 한 번 힘을 낸 이지아가 정신력을 쥐어짰다.

그러자 그동안 여러 번에 걸쳐 주시자의 눈을 사용하며 다져진 능력이 빛을 발했다.

화아아아악!

주시자의 눈을 감싸고 있던 빛이 순식간에 이정철의 몸으로 빨려 들어갔다.

3초 정도가 흐른 후 그 빛은 이정철에게서 빠져나와 다시 이지아의 몸으로 흡수되었다.

털썩—

이지아는 그 과정에서 강한 충격을 받은 듯 넘어지고 말았다.

두 다리의 힘이 완전히 풀려 버린 것이다.

꽈악.

뒤쪽에 서 있던 정단오가 다가가 그녀를 부축했다.

그는 창백해진 이지아에게 한마디 위로를 건넸다.

“고생했다.”

정단오의 말에 이지아가 옅은 미소를 지었다.

금방 쓰러질 것처럼 힘들었지만 이 한 마디를 듣기 위해 최선을 다했기 때문이다.

“조금 쉬도록.”

“모두…… 알아냈어요.”

“알고 있다. 그 이야기는 나중에 듣겠다. 지금은 편히 쉬어도 좋다.”

정단오는 이지아가 성공했음을 알고 있었다.

주시자의 눈으로 섬광이 오가는 걸 직접 봤기 때문이다.

그러나 지금은 비행기가 착륙했을 때를 대비해야 했다. 이지아가 알아낸 것은 그 뒤에 들어도 늦지 않았다.

물론 그도 마음 같아선 당장에라도 오성 그룹과 원로회 사이의 비밀을 듣고 싶었다.

하지만 탈진 직전 상태의 이지아를 조금이라도 쉬게 해 주려는 것이었다.

“김상현, 시간이 됐다.”

“네, 마스터.”

김상현은 고개를 끄덕이며 퍼스트 클래스 안의 다른 승객들에게 신호를 줬다.

탑승 전부터 철저하게 훈련을 받은 그들은 일사불란하게

움직였다.

처척— 처처척!

그들은 퍼스트 클래스의 기내를 처음과 동일하게 만들고 있었다.

바닥에 떨어진 머리카락은 물론이고, 축 늘어진 경호원과 비서, 마지막으로 이정철까지 원래의 상태로 돌려놓았다.

사건이 일어나기 전의 상태로 모든 것을 원상복귀시킨 것이다.

"완료됐습니다."

김상현이 입을 열자 정단오가 긴 팔을 쭈욱 뻗었다.

이제는 그가 나서서 하이재킹의 마지막을 장식할 차례였다.

"마스터, 잘 아시겠지만 힘 조절을……. 자칫하면 모두 식물인간이 될 수도 있습니다."

김상현은 뭔가 염려스러운 듯 조심스레 의견을 내놓았다.

정단오는 말없이 묵묵히 고개를 끄덕일 뿐이었다.

지쳐서 쉬고 있던 이지아도 궁금하다는 표정으로 그의 행동을 지켜봤다.

지이이잉—

이어 놀라운 광경이 펼쳐졌다.

정단오의 하얀 손에서 푸른빛 섬광이 날카로운 검의 모

양을 띠고 솟아난 것이다.

선비촌의 정예들을 단칼에 쓰러트렸던 혼연의 검.

혼연(渾然)이란 어떠한 불순물도 섞이지 않은 완전무결한 상태를 이르는 말이다.

그 뜻처럼 혼연의 검은 정단오가 수백 년을 살아오며 쌓은 내력과 정신력의 결정체였다.

물질로 이뤄진 검이 아니기에 진짜 칼처럼 목을 베거나 물건을 자를 순 없다.

대신 혼연의 검은 인간의 영혼까지 파괴할 수 있는 지상 최강이자 최악의 병기였다.

정단오는 이정철 일당에게 혼연의 검을 사용할 작정이었다.

그렇기에 김상현도 조심스레 힘 조절을 부탁한 것이다.

"높은 자리에서 수많은 사람들의 피눈물을 빨아먹으며 악행을 저지른 죄, 그리고 그 옆에 달라붙어 기생한 죄. 평생을 두고 갚아야 할 것이다."

정단오의 입에서 무서운 선고가 떨어졌다.

염라대왕이 저승에 도착한 망자들에게 말을 하는 것 같았다.

스으윽—

곧이어 정단오가 팔을 움직였다.

그의 손 위에 솟아난 혼연의 검이 차례대로 경호원과 비서의 가슴팍에 박혔다.

푸우욱!

정단오는 그들의 가슴에 꽂아 넣었던 혼연의 검을 다시 빼냈다.

이제 남은 건 이정철뿐이다.

저벅저벅.

잠이 든 것처럼 가만히 앉아 있는 그의 앞에 다다른 정단오가 팔을 높이 들었다.

슈화아악!

이어 혼연의 검이 벼락처럼 이정철의 정수리에 박혔다.

이번에는 가슴이 아니라 머리를 쪼갠 것이다.

물론 물리적인 변화는 일어나지 않았다. 그저 푸른빛의 검이 이정철의 머리 깊이 들어갔다가 나온 게 전부였다.

화르륵—

모든 일을 마친 정단오의 손에서 혼연의 검이 감쪽같이 사라졌다.

궁금함을 참지 못한 이지아가 질문을 던졌다.

"단오 씨, 이제 저 사람들은 어떻게 되는 거예요?"

"알고 싶나?"

"당연하죠. 이대로 비행기가 착륙하면 시끄러워질 것 같은데……."

"그럴 일은 없을 것이다."

"네?"

눈을 동그랗게 뜨고 궁금해하는 이지아에게 김상현이 자

세한 대답을 대신 해 줬다.

“지아 씨, 저들은 아마 오늘 있던 일에 대해 누구에게도 말하지 못할 겁니다.”

“어째서죠?”

“혼연의 검은 그 파괴력에 따라 영혼을 산산조각 낼 수도 있습니다. 다만 마스터께서 힘을 조절하셨으니 극복할 수 없는 트라우마를 안고 살게 될 겁니다.”

“극복할 수 없는 트라우마…….”

“오늘 일에 대해 말하는 건 물론이고, 생각을 하기만 해도 끔찍한 환상을 보며 벌벌 떨게 될 겁니다. 평생을 그렇게 괴로워하며 고통을 받는 것이지요.”

“그건 정말…… 끔찍한 형벌이네요.”

이지아는 새삼 공포에 질린 눈빛으로 잠들어 있는 세 사람을 쳐다봤다.

그들도 사람인 이상 오늘 비행기에서 벌어진 일을 떠올릴 수밖에 없을 것이다.

한데 말하는 건 고사하고 생각을 할 때마다 감당하기 힘든 악몽을 경험하게 된다는 뜻이었다.

정단오는 혼연의 검으로 이들 셋에게 평생의 저주를 심어 놓은 셈이었다.

“남은 비행, 편하게 가도록 하지.”

그가 퍼스트 클래스 안의 모두에게 일이 끝났음을 전했다.

조금 지나면 승무원들이 들어와 안전 점검을 마칠 것이고, 일행은 공항에 내려 유유히 사라지면 된다.

이정철과 수행원들은 누구에게도 밝힐 수 없는 악몽을 간직한 채 답답한 마음으로 살아가야 할 것이다.

스르륵—

약속된 시간이 되자 퍼스트 클래스 전담 승무원들이 안으로 들어왔다.

거액의 대가를 받은 승무원들은 깊이 잠들어 있는 이정철 일당을 보고도 묵묵히 정해진 서비스를 다했다.

이것으로 오성 그룹의 후계자를 노린 하이재킹이 성공한 것이다.

정단오가 아니면 감히 시도조차 할 수 없는 대담무쌍한 계획이었다.

대한민국에서 미국으로 향하는 하늘 위, 그곳에서 오성 그룹의 비밀이 해부되었다.

정단오는 속을 알 수 없는 표정으로 넓은 자리에 앉아 창밖의 하늘을 쳐다보고 있었다.

* * *

타임 스퀘어는 1년 365일, 24시간 내내 세계 각지에서 모여든 사람들로 북적거린다.

이정철은 북미 순방의 시작을 뉴욕으로 정했고, 덕분에

정단오 일행은 타임 스퀘어에서 여유를 즐길 수 있었다.
한국으로 다시 돌아가는 비행기가 이틀 뒤에 있기에 짬을 낼 수 있는 것이다.
그러나 잔뜩 신이 난 이지아와 달리 정단오의 표정은 내내 무거웠다.
이지아로부터 이정철의 비밀을 전해 들었기 때문이다.
"마스터, 안색이 어두우십니다."
스타벅스 라떼를 마시며 타임 스퀘어의 행인들을 구경하던 김상현이 입을 열었다.
그제야 흥분해 있던 이지아도 정단오를 돌아봤다.
"단오 씨, 이틀 뒤면 한국으로 돌아가잖아요. 그때까진 조금이라도 머리를 식혀요."
그녀 역시 이정철에게서 빼낸 정보가 엄청나다는 걸 알고 있었다.
하지만 정단오가 이틀 동안이라도 휴식을 취하길 원했다.
그러나 정단오는 머릿속으로 새롭게 알게 된 사실들을 짜맞추고 있었다.
"난 괜찮으니 신경 쓰지 않아도 된다."
무뚝뚝하게 대답한 그가 시선을 돌렸다.
김상현과 이지아도 더는 정단오를 방해하지 않고 각자의 시간을 가졌다.
그사이 정단오는 빠르게 걸어가는 뉴요커들을 쳐다보며

상념을 계속했다.

'오성 그룹과 원로회가 밀약을 맺었다. 오성 그룹이 자금을 지원하는 대가로 원로회는 더러운 일들을 해 주고 있었군. 청부 살인 등 자신들이 만든 룰에서 절대 금기해 놓은 일들을……. 어쩌면 세계 원로회는 이 사실을 모를지도. 원로회 한국 지부가 단독으로 저지른 일일 가능성이 높다. 물론 그렇다고 달라질 건 없겠지만.'

정단오는 오성 그룹과 한국 원로회의 커넥션을 세계 원로회에 터트릴 생각이 없었다.

일일이 증거를 모아야 하고, 그러다 보면 과정이 너무 길어질 것이다.

지금 중요한 건 하나였다.

원로회 한국 지부는 독립군 후손들을 죽여 아티팩트를 가로채고 있다. 오성 그룹은 그들 뒤에서 자금을 지원하며 공생하는 관계다.

드디어 싸워야 할 상대의 실체가 분명해진 것이다.

이제껏 심증으로만 오성 그룹과 원로회를 의심했다면 지금부터는 뒤를 돌아보지 않아도 괜찮았다.

원로회 한국 지부의 아티팩트 보관소에는 빼앗긴 아티팩트들이 쌓여 있을 터.

전북 모처에 있는 보관소를 찾아내 대기 중인 선비촌 사람들과 함께 무너트리면 진실은 자연히 밝혀질 것이다.

설령 세계 원로회가 적으로 돌려도 정단오는 개의치 않

을 작정이었다.

정단오의 마음은 이미 한국에 돌아가 있었다.

그는 오성 그룹의 회장과 원로회 한국 지부의 수뇌들을 떠올렸다.

'너희들이 힘없는 독립군 후손들에게 빼앗은 것, 그보다 더 큰 것을 가져오겠다. 평생을 움켜쥐고 쌓아 온 모든 것을 잃고 절망에 빠져라.'

마음속 깊이 울린 정단오의 각오는 진실로 어둡고 무거웠다.

세계의 중심이라는 뉴욕의 타임 스퀘어. 그곳에서 도저히 꺾을 수 없는 분노가 영글어 가고 있었다.

7장
진군(進軍)

무사히 목적을 달성한 정단오 일행은 다시 한국으로 돌아왔다.

오성 그룹의 후계자인 이정철은 누구에게도 말할 수 없는 고통의 시간을 감내하고 있을 것이다.

하나 정단오가 알 바 아니었다.

그를 허수아비처럼 만든 정단오의 다음 목표는 전북 모처에 있는 한국 원로회의 아티팩트 보관소였다.

그곳을 습격하기 위해 선비촌의 인물들을 은밀히 데려온 것이다.

이제 오성 그룹과 한국 원로회의 검은 거래가 명확히 밝혀졌으니 더 망설일 이유가 없었다.

정단오는 김상현을 통해 지시를 내렸다.

하루 뒤, 불멸의 마스터와 선비촌의 군단이 전북으로 움직일 것이다.

난공불락의 요새라는 아티팩트 보관소가 무너질지, 아니면 정단오의 군단이 그곳을 짓밟을지 두고 볼 일이었다.

"준비는 끝났습니다, 마스터."

김상현이 결연한 표정으로 보고를 올렸다.

아무도 모르게 은신해 있던 선비촌 사람들은 각기 흩어져 전북으로 갈 것이다.

이미 김상현이 이동 경로를 모두 세팅해 놓았기에 발각될 염려는 없었다.

정단오가 아티팩트 보관소를 습격할 거란 사실을 아는 사람은 극소수였다.

이 작전이 한국 원로회에 노출될 가능성은 거의 없다고 봐야 했다.

문제는 전북에 도착한 다음이었다.

역사상 단 한 번도 외부에 함락되지 않은 아티팩트 보관소를 어떻게 무너트릴 것인가.

선비촌이라는 막강한 아군이 있지만, 쉽지 않은 미션이었다.

그러나 정단오는 조금도 걱정하는 기색이 없었다.

"계획은 모두 정해졌다. 그대로 행할 것이다."

"제가 보고드린 것처럼 아티팩트 보관소의 경호는 상상을 초월……."

"그만. 너의 보고는 충분히 검토했다. 그곳이 어떤 장소인지는 잘 알고 있다."

"알겠습니다, 마스터."

김상현은 더 이상 정단오를 채근하지 않았다.

눈앞의 사내가 마음을 먹으면 못할 일이 없다는 걸 알기 때문이다.

제아무리 철벽같은 아티팩트 보관소라 해도 정단오의 손에는 허물어질 것 같았다.

맹신에 가까운 믿음이라 비난해도 좋다.

김상현은 세상 그 누구보다 정단오의 절대적인 능력을 신뢰하고 있었다.

"선비촌을 움직여라."

마침내 그의 입에서 명령이 떨어졌다.

원로회의 통치를 피해 숨어 살던 선비촌의 진력이 드러날 것이다.

뿐만 아니라 이터널 마스터 정단오의 분노가 원로회 한국 지부를 뒤덮을 예정이었다.

김상현은 이 순간 이후로 세계의 역사가 뒤바뀔지도 모른다는 느낌을 받았다.

최악의 경우 세계 원로회가 한국에 개입할 수도 있다.

그러나 모든 것은 정단오의 뜻대로.

김상현은 입술을 굳게 다문 채 고개를 끄덕였다.

* * *

강원도를 벗어나 은신처에 숨어 있던 선비촌 사람들이 어둠을 틈타 움직이기 시작했다.

그들의 목적지는 전북이었다.

아티팩트 보관소는 전북의 외진 평야에 위치해 있었다.

그토록 큰 건물이 이제껏 노출이 되지 않은 이유는 간단했다.

군사 보호 구역으로 지정된 지역 깊숙이 아티팩트 보관소가 서 있었기 때문이다.

한국 정부의 고위층이 원로회를 배려해 군사 지역을 내준 것이다.

어차피 세계 각국 정부의 고위층은 원로회에게 이런저런 배려를 해 주고 있었다.

실질적으로 현실의 이면을 지키는 단체가 원로회라는 점을 알기 때문이다.

그러나 정단오는 현실적인 문제를 전혀 개의치 않았다.

한국 정부가 지정한 군사 보호 지역도 뚫어 버리면 그만이었다.

세계의 원로회와 싸울 작정도 했는데 이제 와 한국 정부의 눈치를 볼 리 없었다.

"다녀오겠다."

"정말 같이 가면 안 되나요?"

"이번만은."

정단오는 집을 나서며 이지아와 작별 인사를 하는 중이었다.

이지아는 이번에도 함께 가겠다고 고집을 부렸다. 하지만 정단오의 태도가 평소와 달리 너무 확고했다.

아티팩트 보관소를 습격하면 사상자가 나올 확률이 높다.

이제까지와는 차원이 다른 전투가 벌어질 것이다.

그토록 위험한 자리에 이지아를 데려갈 순 없었다. 게다가 그녀의 능력이 꼭 필요한 전투도 아니었기 때문이다.

이미 정단오의 뜻을 여러 번 확인한 이지아는 고개를 푹 숙였다.

그러나 이내 밝은 얼굴로 정단오를 배웅했다.

"건강하게 돌아와요. 다쳐서 오면 엄청 화낼 거예요."

"그러도록 하지."

정단오는 무뚝뚝하게 대답했지만 이지아의 진심을 잘 알고 있었다.

새삼 수백 년 전의 과거가 떠올랐다.

이지아와 닮은 과거의 정인이 정단오를 걱정하던 시절이 자연스레 오버랩되었다.

"기다리고 있을게요. 혹시 여유 되면 연락이라도 하구요."

"오래 걸리지 않을 거다."

정단오는 그녀의 눈동자를 마주 본 뒤 등을 돌렸다.

단단한 그의 마음에 작은 파동이 생겨났다. 하지만 밖으로 드러낼 일은 절대 없었다.

그는 평창동 저택에 이지아를 남겨 두고 밖으로 나왔다.

정단오가 자리를 비워도 김상현의 부하들이 저택과 이지아를 잘 지켜 줄 것이다.

"오셨습니까?"

대문 밖으로 나오니 김상현이 기다리고 있었다.

그는 핸드폰을 통해 수시로 선비촌의 이동 경로를 확인했다.

그러면서도 정단오와 함께 움직이기 위해 기다리고 있던 것이다.

"문제는 없겠지?"

"모두 순조롭게 진행되고 있습니다."

"우리도 서둘러야겠군."

정단오는 전면이 방탄 처리된 검은색 레인지로버에 올라탔다.

김상현도 자신의 차를 놔두고 조수석에 앉았다.

둘은 전북까지 이동하며 세세한 전략을 마지막으로 맞춰 볼 계획이었다.

사실 전략이라고 부르기엔 너무 과격한 작전이었다.

김상현과 그 부하들이 군사 보호 지역의 통신 시설을 점령하고, 그런 뒤에 정단오와 선비촌 사람들이 안으로 들어가 아티팩트 보관소를 무너트리는 게 작전의 실체였다.

정단오는 독립군 후손들의 아티팩트를 찾을 것이고, 선비촌 사람들은 유림본서를 얻으면 된다.

그 과정에서 일어날 싸움은 시나리오대로 흘러가진 않을 터. 결국은 정단오와 선비촌의 역량에 맡겨야 했다.

그럼에도 김상현은 세부적인 사항들을 체크하고 있었다.

원래 그의 역할이 디테일한 부분을 챙기면서 변수를 차단하는 것이기 때문이다.

"군인들은 제가 데리고 있는 아이들이 처리할 겁니다. 다행히 원로회의 구역이라 그런지 경계를 맡은 군인들의 수가 그리 많지 않습니다."

"군인이라고 해도 능력자가 아니다. 그들의 피해는 최대한 줄이도록."

"네, 마스터."

"통신 시설을 차단하면 인근 군부대에서 의심하지 않겠는가?"

"그 부분에 대해서는 걱정하지 않으셔도 됩니다. 통신 위조가 가능합니다."

"알겠다."

정단오는 무심하게 고개를 끄덕이며 액셀을 강하게 밟았다.

고속도로에 들어선 레인지로버가 부드럽게 포효하며 사자처럼 달려 나갔다.

대략적인 점검이 끝나자 차 안에는 침묵만이 감돌았다.
그렇게 어둠을 뚫고 달린 레인지로버는 몇 시간 후 목적지에 도착했다.

끼이익!
거칠게 차를 세운 정단오가 운전석에서 내렸다.
김상현도 그를 뒤따라 걸어갔다.
둘이 멈춘 곳은 전북 외곽에 있는 허름한 모텔 건물이었다.
이미 수개월 전에 폐업을 한 모텔을 통째로 구입해 놓은 것이다.
이유는 단 하나, 오늘을 대비하기 위해서였다.
"오셨소이까?"
모텔 입구에서 개량 한복을 입은 노인이 인사를 건네왔다.
동양화에서 금방 튀어 나온 것 같은 노인은 선비촌의 젊은 무인들을 이끌고 온 원로였다.
정단오는 간단하게 고개를 끄덕인 후 본론을 꺼냈다.
"다들 몸 상태는 어떤가?"
"멀쩡하오. 젊은 아이들은 긴장하기도 하였소만, 무리는 없을 듯싶소."
"사상자가 발생할 수도 있다."
"촌장께서 미리 언질을 주셨소이다. 그것이 두려웠다면

세상에 나오지도 않았을 것이오. 하오나…….”

“무슨 일이 있어도 유림본서는 꼭 찾겠다는 말을 하려는 것이로군.”

“그렇소. 그대의 약속을 믿을 뿐이외다.”

선비촌의 원로는 정단오를 바라보며 시선을 피하지 않았다.

백발이 성성한 노인이 존칭을 쓰고 정단오가 반말을 하는 광경은 아무리 봐도 어색했다.

하지만 둘은 자연스럽게 대화를 주고받았다.

아티팩트 보관소 습격이라는 역사적인 사건을 앞두고 서로의 목적과 신뢰를 확인한 것이다.

“푹 자 두도록. 내일 해가 지면 역사는 바뀔 것이다.”

“모든 것이 당신의, 그리고 우리의 뜻대로 되길 바라겠소.”

“그렇게 만들 것이다, 내가.”

정단오는 오만하게 느껴질 수 있는 말을 거리낌 없이 내뱉었다.

각국의 아티팩트 보관소는 역사상 단 한 번도 함락된 적 없는 난공불락의 요새다.

그러나 내일이면 한국에서 그 기록이 깨질 것이다.

긴장할 만도 한데 정단오는 평소와 다름없는 얼굴이었다.

그가 살아온 불멸의 세월이 긴장이란 단어를 빼앗아 가

버린 것 같았다.

"쉬도록."

"네, 마스터."

김상현에게도 휴식을 허락한 그가 어두운 밤하늘을 올려다보았다.

서울과는 달리 반짝이는 별이 선명하게 보였다.

약속의 시간이 임박했다.

붉게 떠올랐던 태양이 다시 어둠 속으로 얼굴을 감추었다.

충분히 휴식을 취한 정단오와 선비촌 사람들, 그리고 김상현이 이끄는 특수부대 출신의 요원들은 만반의 준비를 갖추었다.

"가라."

정단오의 입에서 명령이 떨어졌다.

선발대로 움직이는 건 김상현과 요원들이었다.

김상현은 평소에 보여 주는 능글맞은 모습을 싹 지워 버렸다. 오래전 CIA의 전설이었던 에이전트 킴의 모습으로 돌아간 것 같았다.

그는 말없이 고개를 숙여 보이곤 요원들과 함께 어둠 속으로 침투했다.

엔진 소음을 제어해 주는 특수 장치가 달린 SUV를 여러 대 준비해 온 김상현은 군부대의 경계 지역으로 움직이고 있었다.

정단오와 선비촌 사람들은 10분 정도 여유를 두고 뒤따라 이동할 예정이었다.

우선 김상현이 군부대를 처리하고 위장 통신을 시작하면 군사 보호 지역 안으로 들어가 아티팩트 보관소를 습격해야 하기 때문이다.

드드드드—

특수 SUV의 바퀴가 비포장도로 위를 내달리고 있었다.

소음을 제거하는 장치를 달아서인지 차의 안팍이 놀라울 정도로 조용했다.

그러나 이 기술은 상용화하기엔 어려웠다.

차체의 소음을 제거하는 장치의 비용이 웬만한 차 값보다 비싸기 때문이었다.

"다 와 간다. 다들 긴장해라."

김상현은 선두의 SUV 안에서 무전기로 지시를 내렸다.

곧 있으면 군사 보호 지역을 알리는 검문소가 나올 것이다. 그때, 틈을 주지 않고 군인들을 제압해서 위장 통신을 해야 했다.

그래야만 상급의 군부대에 습격 사실이 알려지지 않을 것이다.

어찌 보면 김상현과 요원들에게 실로 막중한 임무가 주어진 셈이었다.

"개시!"

김상현은 미리 정해 둔 위치에서 작전의 시작을 알렸다.
그러자 온갖 첨단 장비로 무장한 요원들이 각본대로 움직였다.
어차피 아무도 관심을 두지 않는 군사 보호 지역이다.
진짜 방어막은 안쪽의 아티팩트 보관소부터 시작된다. 그렇기에 군부대 검문소의 경계는 다소 취약했다.
김상현은 그 점을 파고들어 속전속결로 검문소를 장악할 생각이었다.
타다닥!
끼이이익—
여러 대의 SUV가 동시에 드리프트를 하며 옆으로 방향을 꺾었다.
그리고 차가 멈춰 서는 순간, 문이 열리며 요원들이 일제히 뛰어내렸다.
원로회 한국 지부의 아티팩트 보관소를 습격하는 역사적인 사건에 이들이 선봉장이 된 것이다.
'뒤를 부탁드립니다, 마스터.'
김상현은 정단오의 얼굴을 떠올리며 요원들을 지휘했다.
오랜만에 총을 든 그의 모습이 무척 자연스러워 보였다.
훗날 '혈화(血火)의 밤'이라 명명될 대사건의 서막이 올라가고 있었다.

* * *

드드드드득!

정단오와 선비촌 사람들을 태운 SUV가 군사 보호 지역의 경계에 다다랐다.

여기서부터는 철책으로 차단된 검문소의 관할 구역이다.

원래라면 총을 든 군인들이 길을 막으며 신분 확인을 요구했어야 한다.

하지만 검문소는 김상현에게 완전히 점령당한 상태였다.

김상현과 요원들은 검문소 점령은 물론이고, 통신 보안을 위조했다.

그렇기에 상급 부대에서 지원 병력을 파견시킬 일도 없었다.

"오셨습니까?"

김상현이 본래의 능글능글한 웃음을 회복하고 정단오를 맞이했다.

정단오는 그의 어깨에 손을 올린 뒤 눈을 맞췄다.

"고생했다."

"아닙니다, 마스터께서 하실 일에 비하면 미천할 뿐입니다."

"아티팩트 보관소는 얼마나 멀었지?"

"이 안으로 한참을 더 들어가야 합니다. 여기서부터는 걸어가시는 게 좋을 것 같습니다."

"그러도록 하지."

말을 마친 정단오는 선비촌 사람들에게 신호를 줬다.

개량 한복을 입은 사람들이 일제히 SUV에서 내리는 광경이 낯설었다.

하지만 정단오는 망설임 없이 선두에서 걸음을 옮겼다.

어둠 저편에 보이는 거대한 건물이 한국 원로회의 아티팩트 보관소일 것이다.

군사시설을 점령한 건 시작으로 치기도 민망했다.

진짜 싸움은 아티팩트 보관소 근처에서부터 시작될 게 분명했다.

"숭고한 죽음 따위는 없다. 너희들의 숙원인 유림본서를 찾는 것도 살아 있을 때나 가치 있는 일. 웬만하면 살도록 해라."

"걱정해 주셔서 고맙소이다."

"일단 눈앞의 기분 나쁜 건물을 무너트리는 데 최선을 다해 보도록 하지."

정단오는 무심한 말투로 선비촌 사람들에게 전투의 시작을 알렸다.

그들은 아티팩트 보관소의 영역에 들어섰다.

원로회가 능력자의 세계를 통치하게 된 후 누구도 침범하지 못했던 절대의 금지가 각국의 아티팩트 보관소다.

그러나 후회는 없다.

어떠한 방벽이 막아서고 있어도 정단오에겐 이곳을 무너트려야 할 이유가 넘치기 때문이었다.

우웅— 우우웅—!

그때, 주변의 기운이 요동치기 시작했다.

정단오와 선비촌 사람들이 보관소 가까이 다다르자 오래도록 방치된 듯 불이 꺼져 있던 건물에서 빛이 뿜어졌다.

파팟! 파파파팟!

커다란 건물 전체가 갑자기 환해지는 건 무척 기묘한 광경이었다.

뿐만 아니라 눈에 보이지 않는 무형의 바리게이트가 허공에서 생성되는 느낌이었다.

"시작됐군."

정단오는 예상했다는 듯 혼잣말을 읊조렸다.

아티팩트 보관소 주위에는 능력자들의 힘을 약화시키는 역장이 설치돼 있다.

김상현이 알아 온 정보에 의하면, 역장 안에서는 원래 능력의 절반도 사용하지 못한다고 했다.

아니나 다를까, 무형의 막이 건물 주위를 봉쇄하자 선비촌의 젊은 남자들이 답답함을 토로했다.

"크윽, 이건……?"

"단전이 꽉 막힌 느낌이 듭니다."

그들은 선비촌의 원로에게 어려움을 말했지만, 별다른 방도가 없었다.

역장 안에서 절반의 핸디캡을 가지고 싸우는 수밖에 없어 보였다.

그러나 정단오는 이대로 보관소의 룰에 따라 줄 생각이 없었다.

"잘 들어라. 역장을 시작으로 너희들이 보지 못한 최첨단 무기와 대능력자용 훈련을 받은 한국 원로회의 정예들이 나타날 것이다. 일일이 도와줄 수 없으니 당황하지 말도록."

"무엇을 어떻게 할 작정이오? 이대로 건물 안으로 들어가면 되는 거요?"

"적어도 역장 정도는 파괴해 주마. 나를 믿고 따라온 너희에게 주는 선물이다."

정단오는 선비촌 사람들과 달리 역장 안에서도 자유로워 보였다.

정단오는 뜻 모를 말을 남긴 채 두 손을 앞으로 모았다.

고오오오오—!

정단오의 하얀 손에 강렬한 기운이 맺혀 갔다.

모든 존재를 자를 수 있다는 정단오만의 궁극기, 혼연의 검이 나타난 것이다.

인간의 영혼마저 소멸시킬 수 있다는 혼연의 검이 정단오의 팔과 연결되어 불꽃처럼 이글거렸다.

"불멸의 세월을 짊어진 내가 왔다. 그러니 너희의 모든 것을 걸고 덤벼라—!"

정단오는 아티팩트 보관소를 향해 사자후를 터트렸다.

이윽고 그가 팔에 맺힌 혼연의 검을 땅 깊숙이 박아 넣었다.

쿠구구구궁!

혼연의 검이 땅에 박혀 들어갔다.

동시에 지진이라도 난 듯 바닥이 흔들리며 굉음이 사방을 두드렸다.

파파파파파—

콰아아아아아!

작은 지진을 만들어 낸 정단오는 변함없는 표정으로 앞을 노려봤다.

"어?"

"단전이, 단전의 기운이 돌아왔습니다!"

정작 놀란 것은 뒤쪽의 선비촌 사람들이었다.

그들의 단전을 콱 막히게 만들었던 역장이 사라졌기 때문이다.

이제 선비촌의 사람들은 자유롭게 능력을 사용하며 싸울 수 있게 되었다.

정단오가 이곳의 역장 자체를 파멸시켜 버렸기 때문이다.

"고맙소이다."

백발이 성성한 원로가 인사를 건네 왔다.

그러나 정단오는 생색 따위를 내지 않고 입술을 달싹였다.

"감사는 이르다. 해가 뜨기 전, 이곳은 피 냄새로 가득

차게 될 테니까."

그의 말이 신호였을까?

역장이 파괴되자 음습한 기운이 주위를 적시기 시작했다.

아티팩트 보관소에 설치된 역장은 침입자들의 의지를 꺾는 용도였다.

그게 파괴됐다고 해서 보관소가 맥없이 무너질 리는 없었다.

긴 역사를 통틀어 각국의 아티팩트 보관소가 난공불락으로 악명 높은 데에는 다 이유가 있었다.

"이, 이건!"

선비촌의 원로가 인상을 찌푸렸다.

그도 아주 오래전에나 겪어 봤던 어둠의 기운, 죽은 자의 시체에서 뿜어지는 망령의 냄새가 맡아졌기 때문이다.

공명정대하게 능력자의 세계를 다스리는 원로회가 금단의 영역이라 알려진 강령술을 사용한 것이다.

동양에서는 강령(降靈)으로 강시라 불리는 존재들을 만들어 냈다.

서양에서는 네크로맨시(Necromancy)라는 술법으로 언데드, 또는 좀비라고 불리는 존재들을 만들어 냈다.

죽은 자의 육체에 잡스러운 기운을 불어넣어 일시적으로 생명을 부여하는 술법.

고금을 통틀어 단 한 번도 인정받지 못했던 최악의 술법이 전북 모처의 아티팩트 보관소에서 펼쳐진 것이다.

"당황하지 마라. 어차피 껍데기일 뿐."

정단오는 냉정한 어조로 선비촌 사람들을 진정시켰다.

세상에 처음 나온 선비촌의 청년들은 끈적끈적한 기운에 놀라고 있었다.

그러나 진정한 쇼는 지금부터 시작이다.

"끄으으으……!"

"구워어—! 고오오오!"

기분 나쁜 소리를 일으키며 시체들이 나타나고 있었다.

반쯤 썩은 몸뚱이를 지닌 시체들이 어둠의 기운을 받아 정단오와 선비촌 사람들을 포위했다.

"오랜만이군."

정단오는 서서히 포위망을 좁히는 강시들을 보며 웃음을 지었다.

강시, 언데드, 좀비.

이렇게 불리는 녀석들을 마지막으로 본 게 언제인지 모르겠다.

어쨌거나 그는 단전의 기운을 끌어 올리며 전투태세를 갖췄다.

역장을 파괴한 혼연의 검은 잠시 넣어 두었다.

물리적인 실체를 지닌 적들에게는 혼연의 검보다 다른 힘을 쓰는 게 더 효과적이었다.

"선비촌의 아이들아."

정단오는 시선을 전방에 고정시킨 채 입을 열었다.
뒤쪽에 서 있던 선비촌 사람들의 눈길이 그에게 향했다.
그는 담담한 말투로 혈투의 개시를 알렸다.
"싸워라, 그리고 너희가 원하는 것을 취하라. 피 흘리지 않고 얻을 수 있는 건 아무것도 없다."
엄숙한 선포가 선비촌 청년들의 투지에 불을 지폈다.
말을 마친 정단오는 양손에 기운을 가득 채운 채 앞으로 쇄도했다.
파앗!
땅을 박찬 그의 몸이 순식간에 강시들 틈으로 파고들었다.
파앙— 퍼어엉!
이어 소림사에서 배워 온 백보신권(百步神拳)이 빛을 발했다.
어둠을 밝히며 번쩍인 권기가 강시들의 몸을 폭죽처럼 터트리고 있었다.
백 보 밖에 있는 바위를 산산조각 내는 게 백보신권이다.
소림사의 진산절기는 정단오라는 주인을 만나 엄청난 위력을 과시했다.
그에 질 수 없다는 듯 선비촌의 원로도 목소리를 높였다.
"가자꾸나—!"

원로의 칼칼한 외침이 끝나자마자 개량 한복을 입은 청년들이 무리지어 질주했다.

그들은 방금 전의 당황한 마음을 던져 버리고 강시들에게 달려들었다.

"잠들어라, 사이한 것들!"

선비촌의 정예들은 청년답지 않게 고루한 말투를 사용하며 저마다의 힘을 발휘했다.

어둠에서 태어난 강시들은 웬만큼 타격을 입어도 쓰러지지 않는다.

팔이 잘리고 다리가 사라져도 배로 기어오며 상대를 물어뜯는 존재가 강시다.

그렇기에 놈들을 제압하는 방법은 일격필살밖에 없다.

머리와 몸통을 완전히 날려 버리거나 성스러운 기운으로 강시를 살아 움직이게 하는 어둠을 제어해야 하는 것이다.

정단오는 전자의 방법을, 선비촌 사람들은 주로 후자의 방법을 썼다.

콰아앙—!

정단오의 주먹에서 대포알 같은 기운이 쏘아졌다.

눈에 보이는 권기가 강시 세 구를 동시에 덮쳤다.

"끄그그그극—!"

기괴한 비명 소리와 함께 세 구의 강시가 흔적도 없이 소멸됐다.

전력으로 펼친 백보신권에 당하면 온몸의 뼈와 살이 으

스러지는 것이다.

반면, 선비촌 청년들인 대대로 내려오는 진언을 외우며 어둠과 맞섰다.

"오행의 뜻대로 화하라—!"

청년들의 굵직한 외침이 새벽 여명 같은 광휘를 만들어 냈다.

선비촌 사람들의 손끝에서 뿜어진 밝은 빛이 어둠을 불태우며 강시들의 몸을 뒤덮었다.

"끄르르르르!"

강시들은 괴성을 토하며 힘을 잃고 쓰러졌다.

그들을 움직이는 근원은 어둠의 힘이다. 그 본질이 빛에 의해 불태워졌기에 동력을 상실한 것이다.

그러나 강시들과 싸우는 게 순조롭지만은 않았다.

어둠에서 일어난 강시들의 숫자가 너무 많았다.

선봉에선 정단오가 백보신권을 펼치고, 선비촌 사람들이 빛의 힘을 불러내도 전부 감당하기 힘들 정도였다.

"꾸웨엑—!"

퍼억!

푸푸푹!

강시들의 거친 몸짓에 선비촌 청년 몇 명이 튕겨 나갔다.

어둠에서 태어난 강시들은 한없이 느려 보여도 실제로는 엄청나게 빠른 속도로 움직였다.

게다가 동작에 실린 파괴력은 능력자들의 강건한 뼈마디도 한 방에 부러트릴 정도였다.

"으윽……."

"괜찮은 것이냐?"

선비촌의 원로가 쓰러진 청년들을 보며 걱정스런 물음을 던졌다.

하지만 그도 여유를 부릴 수가 없었다.

어느새 여러 구의 강시들이 원로에게 달라붙었기 때문이다.

"네 이놈들!"

원로는 한복을 펄럭이며 기력을 쏘아 냈다.

백발이 성성한 노구에서 놀라운 내력이 폭발했다.

팍! 팍! 팍!

그의 주먹이 움직일 때마다 한복 옷자락이 펄럭였다.

동시에 달라붙었던 강시들의 가슴팍이 움푹 파였다. 그러나 예상보다 어려운 싸움이 되고 말았다.

원로에게 가격당한 강시들은 고통을 느끼지 못하는 듯 재차 달려들고 있었다.

산 사람의 얼굴을 했지만 영혼이 떠나간 시체들.

이것들은 수단과 방법을 가리지 않았다.

땅을 기면서 선비촌 원로와 청년들의 다리를 다 썩은 이빨로 물어뜯으려는 강시도 있었다.

"크허업!"

한 구의 강시가 입을 크게 벌렸다.

선비촌 원로가 다른 놈들에게 정신이 팔린 사이 종아리를 물어뜯으려는 것이다.

순간적으로 바닥을 기는 강시를 놓친 원로는 다급한 표정을 지었다.

발로 쳐 내기엔 이미 늦어 버렸다.

한데 그 순간, 눈을 멀게 할 만큼 아찔한 불꽃이 코앞에서 타올랐다.

화르르르륵—!

어둠을 밝히며 타오른 지옥의 겁화가 바닥의 강시를 소멸시켰다.

뿐만 아니라 원로 주변에서 끈질기게 달려들던 강시들도 불길에 휩싸여 비명을 질렀다.

"손속에 사정을 두지 마라. 그럴 여유 따윈 없다."

이윽고 어디선가 정단오의 음성이 들려왔다.

그가 손을 뻗어 위기에 처한 선비촌 원로를 도와준 것이다.

"고맙소이다. 명심하도록 하겠소이다."

원로는 목례를 하며 한숨을 돌렸다.

미쳐 날뛰는 강시들이 한때는 사람이었단 사실에 인정을 두고 말았다.

그러나 자비 없는 응징만이 희생자를 줄일 수 있다.

정단오에게서 교훈을 얻은 그는 목청을 높이며 선비촌

청년들을 독려했다.

“약한 마음들 먹지 말거라! 오늘 하루, 모든 법도와 예식을 폐하노라—!”

유림에서 내려온 법도는 상상을 초월할 만큼 엄격했다.

그것은 살생과 전투에 있어서도 마찬가지였다.

하나 지금, 원로는 자신의 권한으로 모든 법도를 어겨도 된다고 말했다.

아티팩트 보관소를 무너트리기까진 수단과 방법을 가리지 말고 싸우라는 뜻이었다.

원로의 결연한 외침을 들은 청년들은 입술을 꽉 깨물었다.

그들은 더 이상 강원도 산골의 오지에서 은거하는 능력자들이 아니었다.

선조들의 숙원을 해결하기 위해 목숨을 내던져야 할 전사가 됐다.

비로소 자신들의 위치에 대해 자각을 한 선비촌 청년들이 기합을 터트리며 강시 군단에게 쇄도했다.

“으하아압!”

개량 한복 사이로 눈부신 빛무리를 뿜어내며 강시들에게 돌진하는 그들의 모습이 사뭇 색달라 보였다.

정단오는 아주 옅은 미소를 지으며 어두운 하늘 너머를 쳐다봤다.

강시 군단 이후에는 또 어떤 것들이 앞을 가로막을지 모른다.

그러나 절대 두렵지 않았다.

막아서는 것이 무엇이든 모조리 부숴 버리면 그만이다.

철옹성 같은 아티팩트 보관소가 조금씩 가까워지고 있었다.

8장
공성전(攻城戰)

쏴아아아아—

어디선가 불어온 바람이 악취를 담고 멀리 사라졌다.

사방에 수북하게 쌓인 강시들은 더 이상 움직이지 못했다. 이미 한 번 죽은 자들을 또다시 죽여 완전히 폐기시킨 것이다.

그러나 아쉽게도 강시들만 누워 있는 건 아니었다.

선비촌의 청년들 가운데도 몇몇 희생자가 발생하고 말았다.

강시에게 당해 피를 흘리며 쓰러진 청년들 주위로 선비촌 사람들이 모여들었다.

선비촌은 작은 규모의 공동체이기에 서로 간의 친분이 남다를 수밖에 없었다.

그래서인지 나이가 많이 든 원로조차 슬픈 표정을 감추지 못했다.

하지만 아직 싸움이 끝나지 않았는데 동료의 죽음을 애도하는 건 사치였다.

정단오는 고개도 돌리지 않고 싸늘하게 말했다.

"눈앞의 적들을 모두 쓰러트리는 게 최고의 애도다. 추모는 너희들이 원하는 걸 얻은 뒤에 해도 늦지 않다."

"하오나 이 아이들은……!"

그의 냉정한 말에 원로가 언성을 높였다.

그러나 정단오는 단호한 손짓으로 그를 제지시켰다.

"그래서…… 더 이상의 희생을 막기 위해 이대로 돌아갈 텐가? 그렇다면 막지 않겠다."

"그대는 정녕—! 길고 긴 세월이 그대에게서 인간의 감정을 앗아 갔구려."

선비촌 원로는 정단오의 등을 바라보며 한숨을 내쉬었다.

차갑고 단호한 그의 모습이 수백 년 세월과 겹쳐져 비인간적으로 보인 것이다.

하지만 전쟁을 이끄는 장수는 누구보다 냉정해야 한다.

붉은 피 대신 얼음물이 흐른다는 소리를 들어도 승리를 위해선 차가워져야 하는 것이다.

동료의 죽음을 애도하는 가장 확실한 방법은 적을 쓰러트리는 것뿐이다.

정단오라고 해서 선비촌 청년들의 죽음이 슬프지 않은 건 아니었다.

아무리 오래 살았다고 해도 그 역시 뜨거운 피를 지닌 인간이다.

다만, 여러 경험을 통해 슬픔을 억누르는 법을 깨달았기에 묵묵히 싸움에 집중할 수 있는 것이었다.

"따라와라. 고지가 눈앞이다."

그가 다시 한 번 명령을 내렸다.

여기까지 온 마당에 이대로 돌아갈 순 없다.

선비촌의 원로와 청년들은 피가 나도록 입술을 깨물며 그의 뒤에 섰다.

희생당한 동료와 가족의 원을 갚기 위해서라도 반드시 아티팩트 보관소를 무너트려야 한다.

그곳에서 유림본서를 얻어 선비촌의 숙원을 풀어야만 죽은 이들의 희생이 헛되지 않을 것이다.

"가자꾸나."

원로가 마음을 추스르고 명령을 내렸다.

선비촌 청년들은 숙연한 분위기 위에 분노를 덧씌워 천천히 움직였다.

그리 멀지 않은 곳에 우뚝 서 있는 아티팩트 보관소까지 가는 길이 왜 이리 험난한지 모르겠다.

그러나 기필코 저 철옹성을 무너트리겠다는 의지가 활활 타오르고 있었다.

"온다."

그때, 앞서 가던 정단오가 신호를 줬다.

강시 군단에 이어 또 다른 기운이 스멀스멀 피어올랐기 때문이다.

그는 자세를 낮추고 어둠 속을 노려봤다.

선비촌 원로와 청년들 역시 기운을 모으며 경계를 늦추지 않았다.

전설 속의 강시 군단이 튀어나왔으니 이제 그보다 더한 게 나타나도 놀랍지 않을 것이다.

"아우우우—!"

아니나 다를까, 어둠을 뚫고 오싹한 울음소리가 천지를 뒤흔들었다.

공포 영화에서 종종 듣는 늑대의 포효가 울린 것이다.

정단오는 표정을 굳힌 채 양팔을 좌우로 활짝 펼쳤다. 그러곤 뒤쪽의 선비촌 사람들에게 경고를 전했다.

"웨어울프다. 강시보다 더 질긴 놈들이니 긴장하도록."

"웨어울프? 설마 기록에 나오는 아랑인(餓狼人)이란 말이오?"

"아랑인. 참으로 오랜만에 들어 보는 표현이로군."

"강시에 이어 아랑인이라니! 원로회 한국 지부는 대체 무엇을 하는 곳이기에—!"

"그만큼 이곳에 숨긴 것이 귀하다는 뜻이겠지."

정단오는 냉소적인 웃음을 흘리며 활화산 같은 기운을

끌어 올렸다.

웨어울프, 또는 아랑인이라 불리는 존재를 설명하는 건 아주 간단하다.

쉽게 말해 늑대 인간인 것이다.

그러나 실제 웨어울프는 영화 속의 늑대 인간처럼 수준 높은 지능을 지녀서 대화가 가능한 존재가 아니었다.

아랑은 굶주린 늑대라는 뜻이다.

그 말처럼 현실의 웨어울프들은 살아 있는 모든 것을 먹잇감으로 생각하는 야수 중의 야수다.

사자 무리와 코끼리 떼도 우습게 찢어발기는 놈들이 바로 웨어울프였다.

총을 비롯해 최신식 장갑차로 무장한 탱크 부대도 웨어울프들의 공격을 버티지 못하고 갈가리 찢긴 전력이 있다.

길들이기가 어렵지만 뜻대로 부릴 수만 있다면 웨어울프처럼 강력하고 지독한 무기를 찾기 힘들다.

원로회 한국 지부는 그러한 웨어울프를 길들여 아티팩트 보관소의 수호신으로 삼은 것이다.

강시 군단에 피해를 입은 선비촌 청년들은 점점 커지는 늑대 울음소리에 안색을 굳혔다.

"제법 힘들어지겠군."

정단오도 무표정한 얼굴로 비관적인 전망을 내놓았다.

웨어울프가 몇 마리나 나타날지 아직은 알 수 없다. 그러나 쉬운 싸움이 될 것 같진 않았다.

크르릉—!

아우우우—!

울음소리가 점점 가까이서 들렸다.

이윽고 어둠 너머에서 노란 불빛이 하나둘 켜지기 시작했다.

야성으로 물든 웨어울프들의 눈동자가 불빛처럼 허공에 떠오른 것이다.

정단오는 망설이지 않고 눈동자가 보이는 쪽으로 선공을 취했다.

화아아아악—!

화르르륵!

인도에서 배운 시바의 불꽃[Flame of the Siva]이 웨어울프 무리에게 작렬했다.

커허엉—!

컹! 컹!

불길에 휩싸인 웨어울프들이 비명을 토해 냈다.

모든 것을 태우는 시바의 불꽃이 어둠 속에 숨어 있던 웨어울프들의 진면목을 드러냈다.

그 몰골은 가히 충격적이었다.

놈들은 인간처럼 두 발로 우뚝 서 있었다. 족히 2m는 넘을 것 같은 거인들이었다.

다만 다리와 팔에 털이 수북했고, 강철도 뚫을 법한 발톱이 자라나 있었다.

얼굴 역시 인간의 얼굴이 아니라 늑대의 것에 가까웠다.

벌어진 입술 사이로 보이는 송곳니에는 정체불명의 피가 뚝뚝 흐르고 있었다.

크르러헝!

아울—!

정단오의 선제공격에 당한 웨어울프들이 흉포한 공격성을 드러냈다.

놈들은 더 이상 기다리지 않고 몸을 날렸다.

2m를 넘기는 덩치의 웨어울프들은 자유자재로 몸을 움직이며 사방에서 달려들었다.

몇몇은 두 발로 뛰었고, 진짜 늑대처럼 네 발로 땅을 박차는 놈들도 있었다.

"이놈들—! 한낱 미물에 머무를 것이지 감히!"

선비촌 원로가 노익장을 발하며 기합을 터트렸다.

그의 외침을 따라 청년들도 개량 한복을 펄럭이며 저마다의 절기를 펼치기 시작했다.

어둠 속에서 달려 나온 웨어울프는 어림잡아 스무 마리.

이 정도면 웬만한 군부대를 싹쓸이할 수 있는 어마어마한 전력이다.

그러나 이쪽에는 정단오가 있었다.

그는 혼자서 열 마리의 웨어울프와 대치하며 불멸의 힘을 선사하는 중이었다.

퍼억— 퍽!

짧고 굵은 타격음이 쉬지 않고 울려 퍼졌다.
소림사에서 전수받은 백보신권은 웨어울프를 상대로도 파괴력을 증명하고 있었다.
제아무리 탱크를 찢어발기는 웨어울프라도 정단오의 주먹에 맞으면 여지없이 나가떨어졌다.
파아악!
케에에엥—!
공중으로 달려들다 옆구리를 얻어맞은 웨어울프 한 마리가 비명을 지르며 멀리 튕겨져 나갔다.
몇 바퀴를 구른 놈은 수북한 털을 축 늘어트린 채 두 번 다시 일어나지 못했다.
그러나 정단오도 마냥 여유롭지만은 않았다.
틈을 노리던 웨어울프 한 마리가 재빨리 달려들어 그의 왼팔을 덥석 물어 버린 것이다.
콰아악—
날카로운 송곳니가 피부를 뚫고 왼팔에 박혔다.
어찌나 깊이 박혔는지 핏줄기도 솟구치지 않았다. 보통 사람이었으면 그대로 팔이 끊어졌을 것이다.
하지만 정단오는 왼팔에 놈을 매단 채 오른팔로 나머지 웨어울프를 쓰러트렸다.
퍼퍼퍽!
구탕탕탕—
백보신권을 전력으로 발휘해 두 마리를 더 쓰러트린 정

단오가 자신의 왼팔을 쳐다봤다.

마치 아무 고통을 못 느끼는 듯한 얼굴로 왼팔을 물고 늘어진 웨어울프의 눈동자를 노려본 것이다.

"사라져라."

그가 입을 열고 명령을 내렸다.

누구를 향한 명령인지는 금방 밝혀졌다.

말이 끝남과 동시에 정단오의 왼팔 전체가 불길에 휩싸여 활활 타올랐기 때문이다.

뀌에에엑—!

그를 물었던 웨어울프는 불길에 휩싸여 산 채로 타 버리고 말았다.

인도 최강의 술법인 시바의 불꽃을 자신의 왼팔에 펼친 것이다.

으드득—

정단오가 이빨을 꽉 깨물었다.

웨어울프에게 왼팔을 물린 것으로 모자라 스스로 불을 붙였으니 멀쩡할 리 없었다.

뇌리를 뒤흔드는 통증이 엄습했지만, 이겨 내고 있는 것이다.

"응급처치로는 이만한 게 없지."

그는 혼잣말로 고통을 털어 냈다.

무모한 행동이었지만 시바의 불꽃을 펼친 덕에 웨어울프에게 물린 상처가 저절로 봉합됐다.

자신의 살을 불태워 지혈과 소독을 한꺼번에 해 버린 것이다.

"대가를 치러야 할 것이다. 오늘 이후로 내 눈에 띄는 너희 종족을 이 땅에서 멸종시켜 주마."

정단오는 불꽃을 꺼트린 후 양팔을 휘저으며 나지막이 말했다.

한반도에 사는 웨어울프 전체를 모조리 죽이겠다는 경고가 허언은 아닌 것 같았다.

그의 말을 들은 웨어울프들은 소름이 돋는지 털을 바짝 세우고 낑낑거렸다.

"덕분에 옛 기억이 살아나는군."

웨어울프에게 당한 고통은 정단오의 내면 깊숙이 잠들어 있던 파괴 본능을 일깨웠다.

아티팩트 보관소를 무너트리기 위한 싸움에서 그는 불멸자로 악명 높았던 시절의 힘을 회복하고 있었다.

오늘 밤의 싸움이 세계 전체에 어떤 영향일 끼칠지 두려울 뿐이었다.

* * *

좌아아악—

거대한 웨어울프의 몸뚱이가 정확히 반으로 쪼개졌다.

정단오는 늑대 무리의 우두머리를 쓰러트리고 양손으로

놈의 주둥이를 벌려 몸 전체를 절반으로 찢었다.

눈 뜨고 못 볼 만큼 잔혹한 광경이었다.

그러나 생사가 오가는 싸움에서 적의 사기를 꺾기 위해선 더한 짓도 해야 한다.

우두머리를 잃은 늑대 무리는 급격히 위축됐다.

이제 몇 마리 남지 않은 웨어울프들이 겁에 질린 게 보였다.

정단오의 왼팔이 엉망이 됐고, 선비촌에서도 희생자가 나왔지만 웨어울프들의 피해에 비할 바는 아니었다.

"괘…… 괜찮겠소?"

선비촌의 원로가 처음으로 정단오를 걱정했다.

웨어울프와의 전투에서 청년 몇 명의 목숨을 잃은 그는 비통한 눈물을 속으로 삼키고 있었다.

하지만 정단오의 상세를 살피는 게 먼저였다.

선봉에 우뚝 선 그가 쓰러지면 오늘 밤의 전쟁은 영영 실패로 끝날 것이기 때문이다.

처억—

정단오는 대답 대신 오른팔을 들어 올렸다.

그의 왼팔은 한눈에 봐도 처참한 상태였다.

뿐만 아니라 강시에 이어 웨어울프들을 상대하느라 여기저기에 자잘한 상처가 늘어났다.

그러나 선비촌 사람들 앞에 선 정단오는 흔들리거나 비틀거리지 않았다.

우두머리를 반으로 갈랐으니 남은 웨어울프의 숫자는 다섯 마리 안팎이었다.

그는 남은 놈들을 혼자 처리할 작정이었다.

“잠깐 쉬고 있도록.”

선비촌 사람들은 체력과 기력을 보충해야 뒤에 이어질 싸움에서 제 역량을 발휘할 수 있다.

정단오는 그 시간을 벌어 주기 위해 굶주린 늑대들과의 전투를 홀로 마무리 지으려는 것이었다.

무뚝뚝하고 냉정해 보여도 실제론 가장 큰 책임을 지는 게 정단오의 지난 세월이었다.

때로는 사람들에게 실망하고, 때로는 세상의 균형을 위해 몸을 숨겼던 정단오지만, 본질적인 성향은 변하지 않았다.

가장 무거운 짐을 지는 것.

그것이 불멸의 권능을 부여받은 이터널 마스터의 숙명인지도 몰랐다.

“늑대들, 내가 한 말은 기억하고 있겠지?”

어둠 속에서 정단오의 낮은 목소리가 무겁게 울렸다.

창백해 보일 정도로 새하얀 그의 손에는 웨어울프 우두머리의 피가 묻어 있었다.

그는 피를 닦지도 않은 채 손을 들어 남은 웨어울프들을 가리켰다.

“이 땅에서 보이는 족족 너희 종족들을 멸할 것이다.”

크르르르릉—!

정단오의 위협에 남아 있던 웨어울프들이 거친 울음을 흘렸다.

야성이 이성을 압도한 종족이지만 의사소통은 가능하다.

그들은 멸족을 언급하는 정단오를 노려보며 살기를 가중시켰다.

이미 우두머리를 비롯해 동족들이 고깃덩어리가 되어 처참하게 나뒹굴고 있다.

피할 구석이 없다는 건 웨어울프들도 익히 알고 있는 상황이었다.

남은 것은 오직 하나.

살아남은 웨어울프들이 모조리 달려들어 정단오의 하얀 육체를 찢어발기는 일뿐이다.

만약 성공하지 못한다면 잔인하게 찢기는 쪽은 웨어울프들이 될 것이다.

커허헝—!

아우우우우우—!

울음소리로 신호를 주고받은 웨어울프들이 정단오의 사방을 포위했다.

제대로 세어 보니 딱 다섯 마리.

그중 세 마리는 인간처럼 두 다리로 서 있었고, 나머지 두 마리는 네 다리로 바짝 엎드려 있었다.

어느 쪽이든 위험하긴 마찬가지였다.

파바박!

순간, 예고 없이 웨어울프들이 땅을 박찼다.

자기들만의 신호로 합을 맞춘 놈들이 한 번에 뛰어오르는 광경은 가히 장관이었다.

육중한 몸집을 가진 늑대 인간 다섯의 합공을 막아 낼 능력자가 이 땅에 몇이나 될까?

그러나 정단오는 당황하지 않고 양팔을 들어 올렸다.

부우웅—!

그의 양팔에서 바람이 뿜어져 나왔다.

무형의 바람이 응축되어 방패처럼 좌우를 막아 준 것이다.

퍼엉!

퍼퍼퍼펑!

동시에 달려든 웨어울프들은 바람의 막을 뚫지 못했다.

한차례 공격을 막아 낸 정단오는 곧바로 반격을 시도했다.

후우웅—

그의 양손에 폭풍 같은 에너지가 집중됐다.

물 흐르듯 몸을 움직인 정단오가 정면에 있는 웨어울프 두 마리의 얼굴에 쫙 펼친 손바닥을 꽂아 넣었다.

파박!

짧은 파공성이 밤공기를 흔들었다.

안면을 강타당한 웨어울프 두 마리의 뒤통수가 그대로

터져 버렸다.

빠개진 두개골 틈으로 뇌수를 질질 흘리며 쓰러지는 웨어울프의 모습은 기괴하기 짝이 없었다.

그러나 정단오의 시선은 쓰러트린 두 마리에게 가 있지 않았다.

남은 건 세 마리.

동족을 잃고 미친 듯 달려드는 놈들을 맞이한 건 정단오의 긴 다리였다.

부산의 암시장에서 해운대파 조폭들을 쓸어버렸던 선풍각이 이 자리에서 재현됐다.

빠가가각—

공중에서 반원을 그린 강렬한 킥이 웨어울프 세 마리를 차례대로 때리고 지나갔다.

한 바퀴 공중제비를 돌고 원래 자세로 착지한 정단오는 고통스러워하는 세 마리의 웨어울프를 노려봤다.

자비 따위를 베풀 생각은 없었다.

오늘의 일 때문에 한반도의 모든 웨어울프는 이터널 마스터 정단오의 적이 되었다.

그가 사신(死神)처럼 스산함이 깃든 음성으로 말했다.

"난 뱉은 말을 지키지 못한 적이 없다. 아랑인, 너희의 씨를 이 땅에서 말려 주마."

말이 끝남과 동시에 정단오의 모습이 사라졌다.

그림자가 꺼지는 것처럼 훅 사라져 버린 그는 순식간에

웨어울프 세 마리의 등 뒤에서 나타났다.

퍽! 퍼억— 퍽!

전의를 반쯤 상실한 놈들의 등판에 백보신권의 기운이 담긴 주먹이 꽂혔다.

거기서 끝이 아니었다.

정단오는 엉겨 붙어 쓰러진 세 마리를 향해 고대의 주문을 외웠다.

너무 위험한 술법이라 인도의 주술사들도 봉인해 버린 그 이름, 시바의 불꽃이 100%의 힘으로 타올랐다.

"재가 되어라—!"

화르르르르르르르륵!

어둠보다 더 시꺼먼 연기가 탄내를 풍기며 사방으로 퍼져 나갔다.

이윽고 원로회 한국 지부의 아티팩트 보관소를 지키던 웨어울프는 한 마리도 남김없이 목숨을 잃었다.

이들뿐 아니라 앞으로 정단오의 눈에 띄는 모든 웨어울프는 같은 운명이 될 것이다.

신화 속의 종족인 웨어울프도 불멸의 마스터 앞에서는 바스러지는 낙엽에 불과했다.

정단오는 넋이 나간 얼굴로 자신을 바라보고 있는 선비촌 사람들을 향해 입을 열었다.

"충분히 쉬었나? 고지가 멀지 않았다."

그의 하얀 손가락이 안개 뒤로 형체를 드러낸 아티팩트

보관소를 지목했다.

강시에 이어 웨어울프를 넘어선 정단오와 선비촌 사람들은 역사상 한 번도 무너지지 않은 아티팩트 보관소의 중심부에 비수를 꽂아 넣고 있었다.

역사가 바뀔 순간이 눈앞으로 다가온 것 같았다.

* * *

쿵—!

끼이이이이익!

굳게 닫혀 있던 철문이 거대한 입을 벌리며 힘없이 열렸다.

원로회 한국 지부의 아티팩트 보관소는 옛날 방식 그대로의 철문을 유지하고 있었다.

능력을 억제하는 역장과 강시, 그리고 웨어울프까지. 웬만해선 보기 힘든 것들로 바깥을 지킨 것과는 딴판이었다.

선비촌 사람들을 이끌고 아티팩트 보관소의 메인 건물 철문을 연 정단오는 방심하지 않았다.

건물에 진입하는 데 성공했어도 이게 끝이 아니라고 본능이 말해 줬기 때문이다.

아니, 시시할 정도로 쉽게 열린 철문은 지옥으로 들어가는 입구일지도 몰랐다.

"들어가지."

"알겠소이다."

정단오의 말에 선비촌 원로가 고개를 끄덕이며 청년들을 인솔했다.

바깥에서의 전투로 동료와 가족을 잃은 선비촌 청년들의 눈에는 독기가 서려 있었다.

어제까지 함께 먹고 마셨던 형제의 죽음을 목도하고 독기를 품지 않을 사람이 어디 있을까.

강원도 선비촌에서 순박하게 자라 온 그들은 비로소 전사가 되었다.

눈앞의 보관소를 무너트리고 무슨 수를 써서든 선비촌의 숙원인 유림본서를 회수하겠다는 의지가 충만해 보였다.

선비촌 청년들의 얼굴을 확인한 정단오는 씁쓸한 미소를 지었다.

인간은 사랑하는 사람을 잃었을 때 가장 강해지고, 또 가장 약해지는 법이다.

형제를 잃고 독한 마음을 품은 선비촌 청년들의 모습을 보니 수백 년 전의 자신이 떠올랐다.

그 기분이 딱히 좋지 않았지만, 어쩔 수 없는 일이다.

이 세계에 태어난 이상 언젠가는 소중한 것을 잃고 고독한 싸움을 할 수밖에.

"그것이 인간의 운명이지."

정단오는 자조 섞인 음성으로 혼잣말을 읊조렸다.

자신은 원치 않게도 그 운명을 몇 백 년째 거듭하고 있지만, 선비촌 청년들은 길어야 수십 년 안에 운명에서 해방될 것이다.

그렇게 생각하니 결연한 표정을 짓고 있는 저들이 오히려 부러워질 지경이었다.

"긴장해라. 지금부터 두 번째 무대가 시작된다."

정단오는 잡생각을 누르고 선비촌 사람들에게 묵직한 경고를 전했다.

조명 하나 없는 보관소 안쪽에서 뭔가가 움직이고 있었다.

예민하기 그지없는 정단오의 감각으로도 쉽게 잡아낼 수 없는 불길한 느낌이 감지됐다.

'기운을 눈으로 모으고 심안을 일깨운다.'

정단오는 단전에 내재된 강렬한 힘을 눈동자로 끌어 올렸다.

오래지 않아 그의 눈이 어둠을 꿰뚫어 볼 수 있는 권능을 갖췄다.

그러나 문제는 단순한 어둠이 아니었다.

불길한 느낌을 뿌리고 다니는 정체불명의 존재는 어둠에 몸을 감춘 게 아니었다.

말 그대로 형체가 없는 존재였다.

그래서 정단오의 강인한 안력으로도 놈들을 확인하기 힘든 것이었다.

"나이트메어? 정말 가지가지 하는군."

정단오의 말을 들은 선비촌 원로가 기함을 했다.
강시나 웨어울프보다 더 놀라운 게 또 남아 있을 줄은 몰랐기 때문이다.
"나이트메어라면…… 악령을 말하는 것이외까?"
"그렇다. 눈에 보이지 않는 잡귀들이 보관소를 지키고 있다."
"악령들은 신성한 축복을 받은 사제나 무당이 없으면 다스릴 수 없는 걸로 아오만?"
"걱정할 것 없다. 놈들은 내가 맡을 테니."
"하면 우리는……."
"악령 외에도 싸울 상대는 많다. 이곳에 상주하고 있는 능력자들이 기어 나오는 소리가 들리지 않는가?"
정단오의 말에 선비촌 원로가 귀를 쫑긋 세웠다.
그제야 인기척을 느낀 그가 청년들에게 주의를 줬다.
"보관소를 지키는 능력자들이 나타났으니 기운을 모으거라! 우리를 숨어 살게 만든 원로회의 개들이니라—!"
강시나 웨어울프, 또 악령과 달리 원로회의 능력자들은 선비촌의 원수나 마찬가지였다.
그들이 나타났다는 건 아티팩트 보관소의 마지막 관문이 열렸다는 뜻과 같았다.
정단오는 묘한 표정을 지으며 오른팔을 뻗었다.
"타올라라—!"
그의 말이 끝나자마자 오른손에서 쏘아진 빛덩이가 뜨거

운 불꽃이 되어 날아갔다.

퍼엉—

화르르르륵!

보관소 저편에 불이 붙었다.

인간의 힘으로는 절대 끌 수 없는 시바의 불꽃이 어두운 보관소 안을 밝혀 줬다.

갑자기 주변이 밝아지자 보관소 안이 속속들이 보였다.

먼저 일층은 수백 명이 들어차도 좁지 않을 만큼 넓은 공간으로 이뤄져 있었다.

일층의 끝부분에 다다르면 이층으로 올라가는 계단이 나온다.

원로회 한국 지부에서 모은 아티팩트들은 이층의 금고 너머에 보관돼 있을 것이다.

문제는 어떻게 이층으로 올라가느냐였다.

보관소 안의 유일한 계단은 어느새 나타난 열 명가량의 능력자들이 점령하고 있었다.

아티팩트 보관소에 상주하는 능력자들은 원로회 안에서도 강함을 인정받았을 게 확실하다.

그렇기에 이 중요한 보관소를 믿고 맡긴 것일 터.

남녀노소가 뒤섞인 십여 명의 능력자가 내뿜는 기운이 예사롭지 않았다.

“감히 여기까지 더러운 발을 들이다니…… 진작 선비촌 따위를 불태워 버렸어야 했다. 원로회의 분노가 두렵지 않더냐?"

보관소를 지키는 능력자 중 가장 연장자로 보이는 남자가 노호성을 토해 냈다.

기운이 가득 담긴 노호성은 듣는 사람의 고막을 터트리기에 충분했다.

하지만 보관소 안에 모인 사람 중 그 정도로 흔들릴 만큼 약한 능력자는 없었다.

지목을 받은 선비촌의 원로는 코웃음을 쳤다.

"평화롭게 살아가던 우리를 억지로 은거시킨 것이 누구인데 그러느냐! 네놈들의 탐욕이 도를 넘어섰으니 대가를 치러야 할 것이다. 원로회 세계 지부에서 너희들의 악행을 알고 있기는 한 것이냐?"

"그 입…… 기필코 이곳에 묻어야겠구나."

원로회 세계 지부가 언급되자 능력자들의 안색이 변했다.

예상대로 한국 지부 단독으로 오성 그룹과 결탁해 온갖 악행을 저지른 것 같았다.

그때, 정단오가 천천히 입술을 달싹였다.

"내가 누구인지 아는가?"

갑작스런 그의 말에 원로회 측 능력자들이 인상을 썼다.

사실 그들도 정단오의 정체를 가장 궁금해하고 있었다.

선비촌을 이끌고 아티팩트 보관소를 습격한 선봉이 정단오였기 때문이다.

어디 그뿐인가.

앞장서서 강시와 웨어울프 등을 도륙하는 장면은 경이적이기까지 했다.

원로회의 능력자 중 선비촌 원로와 설전을 벌인 연장자가 조심스레 입을 열었다.

“오래된 기록에서 읽은 것 같은데…… 잊혀진 그자가 맞는 건가?”

“잊혀진 자라……. 틀린 말은 아니로군.”

“정말 이터널 마스터인가? 세상을 등지고 사라졌다 들었다만.”

“그랬지. 너희들이 나를 불러내기 전까진.”

“원로회의 맹약에 따라 당신은 능력을 쓸 수 없을 터인데!”

“맹약은 깨졌다. 신의를 저버린 건 너희다. 그리고 이제 그 대가를 치르게 될 것이다.”

“오만하군! 사실인지 아닌지도 모를 불멸의 전설, 여기서 끝이 날 것이야!”

원로회 측 능력자는 정단오를 두려워하지 않았다.

아티팩트 보관소 바깥에서 전투를 벌이며 입은 부상 부위를 봤기 때문이고, 뿐만 아니라 지금 세대의 능력자들은 이터널 마스터의 실체를 제대로 알지 못한 탓이었다.

원로회에서 의도적으로 기록을 누락시켰고, 100년의 은거 동안 정단오는 동화 속 인물이 되어 버렸다.

이제 그의 진짜 힘을 아는 사람은 세계 원로회에서도 그리 많지 않을 것이다.

정단오는 피식 웃음을 흘리며 말을 계속했다.

"악령, 나이트메어를 믿는 것인가?"

"부정하지 않으마! 살아 있는 인간은 결코 나이트메어를 이길 수 없으니……!"

원로회 능력자들이 자신만만해하는 이유가 있었다.

선비촌의 원로가 나이트메어의 존재에 기함을 했던 것 역시 같은 이유에서였다.

나이트 메어, 악몽을 먹고 자라나는 악령.

눈에 보이지 않는 형체를 지닌 놈들은 사람에게 달라붙어 생기를 빨아먹는다.

웨어울프처럼 가공할 공격력을 지닌 건 아니지만, 대신 형체가 없기에 소멸시키는 게 불가능하다는 무지막지한 장점을 지니고 있다.

원로회 한국 지부가 아티팩트 보관소를 지키는 최후의 무기로 삼은 건 능력자 열 명이 아니었다.

숨이 붙어 있는 사람이라면 절대 넘을 수 없는 금단의 벽, 나이트메어가 바로 아티팩트 보관소의 비밀 무기였다.

원로회의 능력자들은 제아무리 불멸의 마스터라 해도 망령을 어찌하진 못할 거라고 믿었다.

그러나 정단오는 말없이 앞으로 몇 걸음 나갔다.

저벅저벅.

그의 발자국 소리가 시바의 불꽃으로 환해진 보관소 일층을 가득 채웠다.

일촉즉발의 상황.

정단오가 중앙에 서 있었고, 그의 앞뒤에는 원로회 능력자들과 선비촌 사람들이 전투태세를 갖춘 지 오래였다.

손가락만 까딱해도 아티팩트 보관소를 놓고 벌이는 최후의 혈투가 벌어질 것 같았다.

바로 그 순간, 흐릿하게 공중을 떠돌던 악령들이 정단오를 향해 쏘아지기 시작했다.

슈우우욱—

쐐애액!

눈에 보이지 않아도 소리는 들린다.

나이트메어가 달라붙으면 저항할 틈도 없이 힘을 잃고 쓰러지게 된다.

주먹을 휘두르고 총을 쏘아도 소용이 없다.

애초에 형체가 없는 악령을 무슨 수로 막아 낸단 말인가.

하지만 정단오는 당황하지 않고 오른팔을 머리 위로 치켜들었다.

그에게는 이터널 마스터라는 칭호를 허락한 절대의 무기가 있었다.

나이트메어와 마찬가지로 물리적인 힘을 지니진 않았지만 인간의 영혼까지 파괴할 수 있는 사상 최악의 무기.

혼연(渾然)의 검!

츠츠츠츳—

그의 오른팔에서 솟아난 푸른빛 섬광이 흐릿한 악령들을 환영하고 있었다.

얼마든지 와라, 악령들이여. 한낱 잡귀에 불과한 너희의 존재 자체를 소멸시켜 주마.

입술을 꾹 다물고 있는 정단오의 온몸에서 그와 같은 말이 울려 퍼지는 것 같았다.

촤아아아악!

뭔가 베이는 소리가 났다.

보관소 건물 안에 대치하고 있던 사람들은 모두 들을 수 있었다.

눈에 보이지는 않지만 푸른빛 혼연의 검이 악령을 베어 넘기고 있었다.

정단오는 마치 검무(劍舞)를 추듯 유려하고 부드럽게 움직였다.

혼연의 검이 돋아난 오른팔을 길게 늘어트리며 춤을 추는 그의 동작은 아름답고 고혹적이었다.

엉망진창이 되어 버린 왼팔은 아무 문제가 되지 않았다.

그는 한 팔로 대적불가의 존재라 알려진 나이트메어들을 모조리 도륙하고 있었다.

원로회가 믿었던 최후의 보루가 정단오를 만나 소멸되고 있는 것이다.

"어, 어떻게…… 분명 살아 있는 인간은 악령을 상대할 수 없을 터인데!"

원로회 측 능력자들이 일그러진 얼굴로 탄식을 흘렸다.

그들은 믿을 수 없다는 듯 정단오의 춤사위를 감상하고 있었다.

그 모습이 너무도 비현실적이라 감히 끼어들거나 방해할 생각조차 못했다.

다만 눈에 보이지 않는 악령들이 완전히 사라지는 것만은 생생하게 느낄 수 있었다.

"후우—"

한바탕 검무를 끝내고 중앙에 멈춰 선 정단오가 한숨을 내쉬었다.

혼연의 검을 거둔 그는 무표정한 얼굴로 원로회 측 능력자들을 바라봤다.

"살아 있는 인간은 나이트메어를 상대할 수 없지."

"그런데 어찌하여?"

"글쎄, 내가 과연 살아 있는 것인지 나도 잘 모르겠군."

그의 자조적인 말에는 깊은 슬픔이 담겨 있었다.

수백 년의 세월을 불로불사의 존재로 살아온 정단오에게 악령들은 한낱 귀여운 잡귀에 불과했다.

이윽고 정단오가 넋이 나간 선비촌 사람들을 일깨웠다.

"마지막이다. 오늘 이곳은 우리의 발아래에 놓일 것이다!"

그의 외침이 혈투의 신호탄이 되었다.

믿었던 나이트메어를 잃은 원로회의 능력자들도 정신을 차리고 힘을 썼다.

열 명의 능력자는 결코 만만한 상대가 아니었다.

원로회 한국 지부의 신임을 받아 아티팩트 보관소를 지키는 최상위급 랭커들이었다.

거듭된 전투로 지친 정단오 일행에겐 버거운 상대일지도 몰랐다.

하지만 선봉에는 불멸의 마스터 정단오가 서 있었다.

그로 인해 용기를 얻은 선비촌 사람들은 사뭇 독해진 마음가짐으로 마음껏 살수를 펼쳤다.

예전의 선비촌에선 찾아볼 수 없던 잔인한 손속이 무작위로 뿜어져 나왔다.

퍼어엉—!

콰악! 콰드드득!

여기저기서 불꽃이 터지고 나약한 육체가 부서지는 소리가 울렸다.

정단오의 하얀 손에서 피가 마를 시간이 없었다.

빠각—!

그의 손이 앞장서서 설전을 벌였던 능력자의 가슴을 꿰뚫었다.

보관소에서 가장 연장자였던 능력자는 두 눈을 부릅뜨고 그대로 절명했다.

정단오는 망설이지 않고 펄떡거리는 심장을 손으로 잡아채 꺼내 버렸다.

처억—

그가 심장을 높이 들어 올렸다.

잠시 후, 손에 힘을 주자 붉은 심장이 산산조각 나며 사방으로 피를 뿌렸다.

파아앙!

방금 전까지 살아 있던 인간의 심장이 터지는 소리는 전투의 끝을 알리기에 안성맞춤이었다.

그렇게 난공불락을 자랑하던 원로회의 아티팩트 보관소가 무너지고 있었다.

9장
인연의 흔적

원로회 한국 지부의 아티팩트 보관소가 함락됐다.

이제껏 단 한 번도 외부의 침략에 무너진 적 없는 보관소의 역사가 바뀐 것이다.

정단오와 선비촌 사람들은 핏빛 험로를 뚫고 목적을 이루었다.

마지막 관문이던 나이트메어와 원로회 측 능력자들을 모조리 도륙한 정단오는 보관소 이층의 금고를 손쉽게 부숴버렸다.

보관소 이층은 그 자체가 거대한 금고였고, 몇 겹의 철문을 파괴하자 전설 속에 등장하던 아티팩트들이 모습을 드러냈다.

마치 국립 미술관에서 작품을 전시한 것처럼 각각의 아

티팩트들이 정교한 유리함에 씌워져 보관돼 있었다.

진공상태에서 최상의 상태로 아티팩트를 보관해 놓은 이곳은 재벌들의 은밀한 컬렉션을 연상시켰다.

물론 가치를 따지면 그 어떤 재벌의 컬렉션도 아티팩트 보관소보다 귀하진 않을 것이다.

이곳에 보관된 아티팩트들은 돈으로 값을 따질 수 있는 물건이 아니었다.

선비촌 원로가 감격의 눈물을 흘리며 회수한 유림본서만 해도 그랬다.

유가(儒家) 계열 능력자의 정신적 지주인 녹암 이정도의 비급이 바로 유림본서였다.

유림본서 안에는 선비촌의 능력을 일거에 향상시킬 수 있는 고대의 수련법이 고스란히 담겨 있었다.

유림본서를 얻은 선비촌은 이전과 비교할 수 없을 정도로 강력한 세력으로 거듭날 것이다.

더 이상 강원도 오지에 유배되어 있을 필요 없이 원로회를 상대로 그 뜻을 펼칠 날도 머지않았다.

그러나 이곳엔 유림본서보다 더 귀한 아티팩트도 많이 있었다.

능력자들의 세계에 내놓으면 수십억, 또는 수백억 원의 돈을 받을 만한 아티팩트도 보였다.

하지만 정단오는 다른 아티팩트에는 눈길도 주지 않았다.

그가 원로회의 아티팩트 보관소를 습격한 이유는 오직 하나, 독립군 후손들의 흔적을 찾기 위해서였다.

"맥의 활…… 심연의 계단, 명왕의 눈물—!"

낮은 소리로 그르렁거리던 정단오가 분노를 가득 담아 울부짖었다.

피 끓는 마음으로 독립군이었던 벗들에게 넘겨준 아티팩트, 그리고 그들의 후손에게 이어진 아티팩트 세 개가 이곳에 보관되어 있었기 때문이다.

원로회 한국 지부는 오성 그룹과 손을 잡고 뒷거래를 한 것으로도 모자라 독립군 후손을 죽이고 아티팩트를 탈취했다.

심증이 확증이 되는 순간, 정단오는 혈투를 벌이던 순간에도 눌러놓았던 포효를 터트렸다.

"용서를 바라지 마라—!"

뒤틀린 운명을 향한 분노가 보관소 안을 쩌렁쩌렁하게 울렸다.

갑자기 터진 그의 사자후에 선비촌 청년들이 귀를 잡고 인상을 찡그렸다.

뿐만 아니라 아티팩트들을 감싸고 있던 유리막이 일제히 산산조각 났다.

쨍그랑!

와장창창—

선비촌의 원로와 청년들은 두려움이 담긴 눈빛으로 정단

오를 쳐다봤다.

바깥에서부터 지금까지 함께 싸웠지만 알면 알수록 정단오는 두렵고 경이적인 존재였다.

새삼 그가 선봉에서 보여 준 압도적인 강함, 넘보기 힘든 존재감, 그리고 방금 느껴진 끝을 모르는 분노가 피부로 와 닿았다.

우우웅—

그때, 세 개의 아티팩트가 공중으로 떠올랐다.

정단오가 언급한 맥의 활, 심연의 계단, 그리고 명왕의 눈물인 것 같았다.

그가 직접 독립군에게 선물했던 아티팩트, 그 후손들이 간직하다 원로회에 빼앗긴 것들이 진짜 주인을 만난 것이다.

이 아티팩트들을 다시 찾기까지 100년이 넘는 세월이 걸렸다.

영원히 되찾지 말았어야 할 물건이다.

그냥 독립군 후손들의 품에서 대대로 전승되었으면 좋았을 것이다.

이 아티팩트로 인해 친우들의 후손이 죽임을 당했다.

"내 잘못에서 시작된 일이라면…… 내 손으로 푸는 수밖에."

씁쓸하게 혼잣말을 읊조리는 정단오의 눈가가 빛나고 있었다.

수백 년의 세월을 살아오며 눈물을 잃어버린 정단오가 설마 울기라도 하는 것일까?

그러나 잠시 반짝였던 빛은 거짓말처럼 사라졌다.

그가 눈물을 흘렸는지는 아무도 모를 일이다.

다만, 정단오는 공중에 떠오른 세 개의 아티팩트를 돌아보며 추억에 젖어들고 있었다.

이제 원로회 한국 지부도 강력한 적이 등장했음을 인지할 것이다.

아티팩트 보관소가 무너지는 사상 초유의 일이 발생했으니 세계 원로회에 도움을 청할지도 모른다.

그러나 정단오는 조금도 두렵지 않았다.

불멸의 권능을 믿어서가 아니었다.

불로불사의 권능은 원해서 얻은 게 아니기 때문에 언제 끊어져도 이상하지 않았다.

하나 그가 두려움 없이 원로회에 맞설 수 있는 이유는 따로 있었다.

말로만 허풍을 떠는 사람들과 달리 정단오는 진심으로 죽음을 두려워하지 않기 때문이다.

불멸의 권능은 그에게 축복이 아니라 저주였다.

차라리 죽고 싶다고 생각한 적이 얼마나 많았던가.

그렇기에 진정으로 죽음 따위를 두려워하지 않고 자기 안의 분노를 활활 태울 수 있는 것이다.

뒤를 돌아보거나 앞날을 걱정할 필요가 없는 정단오의

심장이 뜨거운 분노로 물들었다.

원로회는 아티팩트 보관소보다 더 큰 것을 잃을 것이다.

* * *

성공적으로 아티팩트 보관소를 무너트린 정단오와 선비촌 사람들은 다시 서울로 돌아왔다.

보관소 건물은 김상현이 준비해 준 폭탄으로 흔적도 없이 날려 버렸다.

선비촌의 희생자들도 화마(火魔)와 함께 기억 저편으로 사라졌다.

흔적을 말끔히 지워 버렸지만 원로회의 추격을 피하긴 힘들 것이다.

다른 곳도 아닌 아티팩트 보관소가 무너졌다.

한국 원로회는 비상사태를 선포할 게 분명했고, 정체불명의 적을 알아내기 위해 총력을 다할 터였다.

우선적으로 선비촌 사람들은 다른 장소에 은신하기로 했다.

강원도 오지 마을은 머지않아 원로회의 공격을 받을 터. 유림본서를 들고 다른 지역에 은신하며 힘을 기르는 게 최선이었다.

그동안 정단오는 등잔 밑이라 할 수 있는 평창동 저택에서 다음 행보를 이어 나갈 것이다.

그리고 또다시 대대적인 전투가 벌어질 때, 유림본서를 얻어 한층 강력해진 선비촌을 부를 계획이었다.

띵동—

평창동 저택의 초인종이 울렸다.

여간해선 외부인이 접근하지 않기에 이지아가 긴장한 얼굴로 화면을 확인했다.

다행히 화면에 비친 얼굴은 김상현이었다.

그는 열쇠를 갖고 있음에도 방문할 때마다 초인종을 눌렀다.

이지아는 볼멘소리로 투덜거렸다.

"그냥 들어오세요. 만날 놀라잖아요."

"하하, 그래도 가끔 벨도 울려야 사람 사는 집 같지 않습니까."

김상현이 넉살 좋게 웃으며 저택 안으로 들어왔다.

강북 최고의 부촌이지만 도시로부터 완벽하게 고립된 평창동 저택은 언제 봐도 기묘한 장소였다.

김상현은 정원을 가로질러 집 안으로 향했다.

"잘 지내셨지요, 지아 씨?"

"네, 덕분에요."

"마스터께선……?"

"휴우—"

김상현이 정단오를 찾자 이지아가 깊은 한숨을 내쉬었다.

그녀는 정단오가 선비촌과 함께 아티팩트 보관소를 습격하러 내려간 이후 한숨도 제대로 자지 못했다.

다행히 정단오는 목적을 이루고 돌아왔지만 그를 본 이지아는 거의 기절할 뻔했다.

정단오의 왼팔이 마치 넝마 조각처럼 몹쓸 꼴이 돼 있었기 때문이다.

하지만 그는 이지아의 걱정에도 불구하고 돌아오자마자 지하실에 틀어박혔다.

가끔 먹을 것과 마실 물을 찾아 저택 위로 올라오는 시간을 제외하면 온종일 지하실에 머물렀다.

그곳에서 치료를 하는지 뭘 하는지 알 수 없는 이지아는 답답해 미칠 지경이었다.

그저 정단오가 이제껏 그래 왔던 것처럼 알아서 스스로의 몸을 돌보는 중이라고 믿을 수밖에 없었다.

대충 돌아가는 상황을 짐작한 김상현은 이지아의 어깨를 토닥여 줬다.

"너무 염려하지 않으셔도 됩니다. 이번 전투에서 입은 부상이 심각하지만 마스터의 회복력은 지구 최강이니까요. 그동안 지켜봐 온 제가 보증하겠습니다, 하하하."

"그래도 왼팔이 정말……."

"음, 이런 말씀을 드려도 될는지 모르겠지만."

"뭔데요? 말해 주세요!"

"제가 본 마스터의 가장 심각한 부상을 알려 드릴까요?"

"가장 심각한 부상이요?"

이지아의 눈이 동그래졌다.

가뜩이나 큰 눈동자가 커지며 매우 귀여운 표정이 됐기에 김상현은 터져 나오는 웃음을 간신히 참아야 했다.

이런 분위기에서 웃어 버리면 눈앞의 아가씨가 더 삐칠 게 분명하기 때문이었다.

억지로 웃음을 이겨 낸 그가 하던 말을 계속했다.

"마스터께서 예전에 멕시코 갱단과 시비가 붙은 적이 있습니다. 그땐 제가 CIA에 있을 때였지요. 지아 씨도 예상했겠지만 화가 나신 마스터는 홀로 멕시코 갱단의 본진으로 들어갔고, 갱들을 소탕했지만 연쇄 폭발에 휘말리고 말았습니다. 갱단의 본진에 있던 폭탄들이 한꺼번에 다 터진 겁니다."

"그, 그럼……."

"누구도 살아남기 힘든 폭발이었습니다. 하지만 마스터께서는 전신에 화상을 입은 채 두 발로 걸어 나오셨습니다."

"전신에 화상을 입고요?"

"네. 뒤늦게 현장에 도착해서 제 눈으로 확인했습니다. 온몸의 살이 벗겨지고 뼈를 다 드러낸 채 걸어 나오시던 마스터의 모습을……."

"으으음."

상상만 해도 너무 잔혹하고 끔찍한 모습이라 이지아가

신음을 흘렸다.

그녀의 순수한 모습에 김상현이 결국 웃음을 터트리고 말았다.

"하하하하! 그런 상황에서도 회복을 하셨던 분입니다. 그러니 걱정 놓고 편히 기다리시면 된다는 겁니다. 아마 옛 벗들과의 인연이 담긴 아티팩트를 회수하셔서 마음이 안 좋으실 테지요. 그래서 지하실에 오래 머무시는 건지도 모릅니다."

"알겠어요. 그래도 얼른 나왔으면 좋겠어요. 내가 얼마나 많이 걱정했는데 하나도 몰라주고……."

"아니요. 그건 아닙니다."

"네?"

"원래 모처에서 휴식을 취하고 서울로 올라가는 게 좋겠다고 권했습니다만, 마스터께서 부득불 바로 움직이셨습니다. 지아 씨께서 기다린다는 이유 때문이지요."

"정말요? 단오 씨가 나 때문에?"

"나중에 직접 물어보세요. 제가 거짓말을 왜 하겠습니까."

김상현은 웃음을 머금은 채 이지아를 지나쳐 지하실로 향했다.

사실 그는 정단오와 긴히 나눌 이야기가 있기 때문이었다.

한편, 이지아의 얼굴은 홍당무처럼 빨갛게 달아올랐다.

정단오가 자신을 위해 부상을 입었어도 무리해서 서울로 왔다는 게 믿기지 않았다.

쉽사리 믿어지진 않았지만 기분은 좋았다.

그녀 혼자 정단오를 생각하는 것이 아니라서, 정단오 역시 그녀를 생각하고 있다는 사실이 심장을 두근거리게 만들었다.

이지아의 얼굴이 점점 더 붉어질 즈음, 김상현은 조심스레 지하실 문을 노크하고 있었다.

똑똑— 똑똑—

“마스터, 드릴 말씀이 있습니다.”

큰 소리로 말을 했지만 문 너머에서는 아무 소리도 들려오지 않았다.

김상현은 인내심을 갖고 정단오를 기다리기로 했다.

자신이 왔다는 건 이미 알고 있을 터. 문이 열릴 때까지 지하실 앞에 앉아 있을 작정이었다.

평창동 저택의 어두컴컴한 지하실에서 정단오는 과연 무엇을 하고 있을까?

왼팔의 부상이라면 진즉 회복하고도 남을 시간이었다.

그가 부여받은 불멸의 권능은 칼에 잘린 팔도 다시 돋아나게 만드는 힘을 가졌다.

그렇다면 정단오가 오래도록 지하실 밖으로 나오지 않는 이유는 무엇이란 말인가.

김상현은 그 답을 알 것 같았기에 재촉을 하지 않았다.

100년을 넘게 묵혀 온 아픔이 다시금 터졌을 테니 오랜 세월을 살아온 정단오에게도 시간이 필요할 것이다.

지하실 문 앞에 걸터앉은 김상현은 오랜만에 담배 생각이 간절해졌다.

지하실에 틀어박힌 정단오는 어둠 속에서 가부좌를 틀고 앉아 있었다.

너덜너덜했던 그의 왼팔은 어느새 말끔하게 회복된 상태였다.

웨어울프에게 물리고 스스로 불에 태웠던 팔이 멀쩡하게 돌아온 모습은 실로 경이적이었다.

그러나 정단오는 지하실을 벗어나지 않았다.

그가 이 눅눅한 지하실의 어둠 속에 머무는 건 부상 때문이 아니었다.

육신의 부상은 회복했어도 지나간 인연의 기억이 그를 괴롭히기 때문에 차마 빛을 볼 수 없는 것이었다.

원로회의 아티팩트 보관소에서 그는 맥의 활, 심연의 계단, 명왕의 눈물을 되찾았다.

정단오가 독립군 친우들에게 직접 건네줬던 아티팩트로 인해 그들의 후손이 죽임을 당했다.

100년 전 그때, 왜 지금처럼 뜨겁게 분노하지 못했을까.

원로회의 룰에 따라 역사를 등지고 그저 민족의 안전을

위해 백두산의 폭발을 막아섰던 자신이 원망스러웠다.

정단오는 친우들에게 아티팩트를 건네던 순간을 계속해서 떠올리고 있었다.

*　*　*

맥의 활이 떠나간 날.

"이게 맥의 활이다."

"이건 어떻게 쓰는 것입니까?"

"잘 봐라."

정단오가 나무로 만들어진 활을 들었다.

한 손으로 잡을 수 있는 나무 활은 조각 작품으로 보일 뿐이었다.

누구도 이게 진짜 활이라고는 생각하지 않을 것이다.

하지만 이 활에는 놀라운 비밀이 숨겨져 있었다.

활을 잡은 정단오가 기운을 불어넣자 흐릿한 화살이 만들어져 하늘 높이 날아갔다.

쐐애애애액—

허공을 가르며 날아간 화살은 분명 눈속임이 아니었다.

나무 활이 바람의 화살을 만들어 냈고, 그 화살이 하늘 저 편으로 날아간 것이다.

"이, 이건……."

만주 지역에서 정찰조 역할을 수행하는 독립군 청년이 눈을 크게 떴다.

방금 무슨 일이 일어났는지 가늠하기 힘들었기 때문이다.

정단오는 그의 눈을 똑바로 쳐다보며 설명을 해 주었다.

"맥의 활은 진실을 밝히는 바람이다. 이것으로 화살을 쏘면 근방에 숨어 있는 모든 적을 알아낼 수 있다."

"정말입니까?"

"그렇다. 푸른 소라가 능력자를 감지하는 것이라면, 맥의 활은 총칼로 무장한 군대부터 소규모 암살자들을 분별하는 힘을 지녔다. 산이나 계곡에 들어서기 전에 맥의 활을 사용하면 적들의 매복에 당할 일은 없을 것이다."

정단오의 말대로라면 맥의 활은 독립군의 작전 수행에 엄청난 도움을 줄 것이다.

나무로 된 활을 받아 든 독립군 청년은 몸을 부들부들 떨면서 고개를 숙였다.

"감사합니다, 감사합니다!"

"감사할 것 없다. 이것으로 동지들의 목숨을 아끼도록."

"네! 항상 제가 선봉에서 맥의 활로 적들의 매복을 밝혀내겠습니다."

"씩씩하군."

청년의 머리를 쓰다듬어 준 정단오는 남몰래 흐뭇한 미소를 지었다.

조국을 위해 목숨을 아끼지 않는 청년들이 있어 든든했다.

이들이 있는 한 현실이 아무리 어려워도 조국의 미래는 밝아 보였다.

심연의 계단이 떠나간 날.

맥의 활을 건네고 제법 시간이 지났다.

정단오는 만주가 아니라 백두산 부근에 있었다.

화산 폭발을 막기 위해 그가 이곳에 머문다는 소식을 듣고 또 다른 독립군이 여기까지 찾아왔다.

“도와주십시오!”

무릎을 꿇은 사내의 옷은 여기저기 찢어져 넝마 같았고, 머리는 산발이 돼 있었다.

백두산 부근까지 오느라 얼마나 고생했을지 겉모습만 보고도 알 수 있었다.

실제로 죽을 고비를 여럿 넘긴 사내는 목숨을 걸고 정단오를 만나러 온 것이었다.

정단오 역시 사내의 의지를 헤아리고 있었다.

“난 이미 맥의 활을 건네줬다. 더 이상 아티팩트를 줬다간 원로회가 나설지 모른다.”

“조국의 동포들이 죽어 가고 있습니다! 우리의 땅을 위해 목숨을 건 독립군 동지들이 허무하게 쓰러지고 있단 말입니다!"

"그러하나 세계의 법칙이 준엄한 것을……."

"법칙 위에 조국이 있는 건 아니겠습니까. 한 번만 더 우리를 도와주십시오, 마스터!"

무릎을 꿇은 사내는 어설픈 영어 발음으로 정단오를 불렀다.

일제가 조선을 침탈하고 서양 문물이 들어오며 한반도가 대혼란에 빠진 시기.

독립군 사이에선 마스터라 불리는 존재의 일화가 전설처럼 떠돌고 있었다.

백두산 부근까지 달려온 사내도 그 전설을 믿고 찾아온 것이었다.

마스터가 맥의 활이라는 신병이기를 건넨 이후 만주 독립군이 연전연승을 거뒀다는 소식이 암암리에 떠돌았다.

무릎을 꿇은 사내는 신병이기를 받아서 돌아가지 못하면 이 자리에서 일어나지 않을 기세였다.

단순한 허세는 정단오에게 통하지 않는다.

진심을 담아 목숨을 걸어야만 그의 마음을 움직일 수 있을 것이다.

"후우—"

사내의 정수리를 내려다본 정단오가 깊은 한숨을 쉬었다.

마음 같아선 당장에라도 경성으로 달려가 조선총독부를

통째로 날려 버리고 싶었다.

백두산 부근까지 와서 무릎을 꿇은 사내보다 정단오의 가슴이 더 아팠다.

결국 줄 수 있는 게 아티팩트밖에 없어 안타까울 뿐이었다.

투욱—

정단오가 품에서 꺼내 땅에 던진 건 낡은 수첩이었다.

무릎을 꿇은 사내는 어리둥절한 얼굴로 수첩과 정단오를 번갈아 쳐다봤다.

"심연의 계단이다. 그걸 펼치면 주위의 적들을 각자의 심연으로 안내하게 될 것이다."

"그, 그게 무슨 말씀이십니까?"

"여기까지 왔으면 어떤 고통도 감내할 각오가 되어 있겠지?"

"그렇습니다!"

"그럼 직접 느껴 봐라. 심연의 계단이 어떤 아티팩트인지."

정단오는 허리를 숙여 낡은 수첩을 들었다.

그리고 사내를 향해 수첩을 펼쳤다.

화라락—

그 순간, 열린 수첩에서 희끄무레한 그림자가 솟아나 사내를 덮쳤다.

무릎을 꿇고 있던 사내는 비명을 지르며 뒤로 넘어갔다.

"끄아아아악—!"

이윽고 사내는 숨이 막히는 듯 가빠진 호흡으로 침을 질질 흘렸다.

더 이상 비명도 지르지 못하고 눈동자를 뒤집은 채 괴로워하는 꼴이, 영락없이 죽어 가는 사람이었다.

설마 정단오가 자신을 찾아 먼 길을 온 독립군 동지를 죽이려는 것일까?

절대 그럴 리 없었다.

사내는 그의 인생에서 가장 괴로웠던 순간을 경험하고 있었다.

각자의 마음 깊은 곳에 묻어 둔 심연의 악몽. 그 악몽이 되살아나면 누구든 괴로움에 몸부림 칠 수밖에 없다.

심연의 계단은 바로 그러한 악몽을 선사하는 아티팩트였다.

상대를 향해 수첩을 펼치면 저마다 다른 악몽을 꾸며 괴로워하게 된다.

수십, 수백 명의 적이 들이닥쳐도 무력화시킬 수 있는 무서운 아티팩트인 것이다.

정단오는 원로회가 분노할 수 있다는 걸 알면서도 심연의 계단을 넘기기로 작심했다.

백두산 부근까지 찾아와 무릎을 꿇은 사내의 결기가 그의 마음을 두드렸기 때문이다.

"허억— 허억— 허억—!"

얼마나 지났을까?

침을 질질 흘리면서 괴로워하던 사내가 겨우 정신을 찾았다.

그는 혼이 쏙 빠진 얼굴로 정단오를 올려다봤다.

정단오는 짐짓 감정을 숨긴 목소리로 그에게 말을 걸었다.

"들어서 알고 있겠지만, 아티팩트라 불리는 신병이기는 아무나 사용할 수 없다. 정신의 힘을 키우고 자격을 갖춰라. 그리하지 못하면 아티팩트에 잡아먹히고 말 것이다. 심연의 계단은 특히 강한 힘을 가진 아티팩트다. 꼭 필요한 순간이 아니면 절대 쓰지 말도록."

"가, 감사합니다. 감사합니다, 마스터! 동지들이 위기에 처했을 때만 쓰도록 하겠습니다. 감사합니다!"

상황을 파악한 사내는 정단오로부터 낡은 수첩을 건네받아 고이 품에 넣은 뒤 연신 머리를 숙였다.

무릎을 꿇고 바닥에 머리가 닿도록 절을 하는 그의 눈가에 눈물이 맺혀 있었다.

심연의 계단을 얻어서 돌아가면 고전하고 있는 경성 지역의 독립군에게 큰 힘이 될 것이다.

만주의 독립군이 맥의 활로 승전보를 올린 것처럼 경성에서 암약하는 독립군도 일제의 심장에 비수를 꽂을 수 있을 것 같았다.

정단오로부터 희망을 얻은 사내는 환희의 눈물을 흘릴

수밖에 없었다.
그 모습을 바라보는 정단오는 기쁨과 씁쓸함이 교차하는 얼굴로 가만히 서 있었다.
자신이 져야 할 짐을 짊어진 사내에게 미안하다는 말을 하고 싶었지만, 입이 떨어지지 않았다.

명왕의 눈물이 떠나간 날.

맥의 활, 그리고 심연의 계단까지 독립군에게 건네줬다.
주시자의 눈과 푸른 소라는 가까이 지낸 벗들에게 선물한 지 오래였다.
물론 가까운 벗들도 전부 독립군 소속으로 활동하는 투사들이었다.
이제 정단오에게 남은 아티팩트는 단 하나, 바로 명왕의 눈물뿐이다.
그러나 그가 소유했던 모든 아티팩트를 통틀어 가장 위험하고 강렬한 파괴력을 지닌 것이 명왕의 눈물이었다.
정단오는 이것만큼은 누구에게도 전하지 않겠다고 다짐했다.
하지만 오늘, 그 다짐이 깨질 것 같았다.
정단오는 피투성이가 되어 눈앞에 쓰러진 남자를 바라보았다.

예전에 스쳐가듯 만나 술 한잔을 나누었던 남자.

자신의 이름이 알려지는 것을 원치 않아 암중에서 한강 이남의 독립군을 지휘했던 전략의 귀재.

그가 고문을 당해 만신창이가 되어 쓰레기처럼 버려져 있었다.

"나는…… 틀렸소. 쿨럭!"

남자는 힘겹게 말을 하며 핏덩이를 토해 냈다.

맥을 짚어 보니 생명이 얼마 남지 않았다.

정단오가 배운 수많은 절학과 놀라운 권능으로도 죽어 가는 남자를 살릴 순 없었다.

"우, 우리의 인연은…… 여기까진가 보오. 고마웠소, 단오."

남자는 정단오의 이름을 부르며 희미하게 미소 지었다.

온몸이 걸레가 된 상황에서도 웃을 줄 아는 남자를 어찌 이대로 죽게 내버려 둔단 말인가.

그가 이대로 죽으면 한강 이남의 독립군 게릴라 부대는 두뇌를 잃고 우왕좌왕하다 궤멸당할 가능성이 높았다.

독립의 그날이 다가오고 있음을 직감적으로 깨달은 정단오는 눈앞의 남자를 살리기로 마음먹었다.

"내 말을 잘 들어라."

"쿨럭!"

남자는 더 이상 대답도 하지 못하고 피 섞인 기침만 계속했다.

정단오는 왼손에 끼고 있던 반지를 뺐다.

검은색 보석이 박힌 반지에서는 묘한 마력이 느껴졌다.

일반적인 보석처럼 영롱하지 않고 오히려 탁하기 그지없는 검은 보석에서 눈을 떼기 힘들었다.

"지금부터 명왕의 눈물을 네게 줄 것이다. 너를 살릴 수 있는 유일한 방법이지만, 어쩌면 앞으로 평생 나를 원망하게 될지도 모른다. 그러나 살아남아라. 살아서 조국을 위해 해야 할 일을 마쳐라."

정단오는 비장한 얼굴로 남자의 힘없는 손을 들어 반지를 끼워 줬다.

불길한 기운을 내뿜는 검은색 보석이 죽어 가는 남자의 손가락에서 빛을 발했다.

이어 정단오는 남자의 손과 반지를 쥔 채 기운을 불어넣었다.

고오오오오—

곧 검은색 반지, 명왕의 눈물이 정단오의 힘에 반응해 진면목을 드러내기 시작했다.

화아악!

이윽고 반지의 검은 보석에서 짙은 연기가 솟아나 죽어 가던 남자의 전신을 감쌌다.

정단오는 착잡한 눈길로 남자를 지켜보았다.

머지않아 남자는 언제 죽어 갔냐는 듯 고문의 상처를 딛고 멀쩡하게 살아날 것이다.

그러나 다시 살아난 남자는 정단오를 원망하고 저주할지도 모른다.

명왕의 눈물이 어떤 아티팩트인지 알고 있는 정단오는 한숨을 쉴 수밖에 없었다.

쏴아아아아아—!

그때, 검은 연기가 사라지며 쓰러져 있던 남자가 우뚝 일어선 채 정단오를 노려보았다.

"내게 무슨 짓을 한 것이오?"

10장
과거를 딛고 미래로

죽음의 문턱에서 돌아온 남자가 혼란스러운 눈빛으로 정단오를 바라보았다.

그는 다시 살아났음에 감격하지 않았다.

스스로 인간이 아닌 뭔가 다른 존재가 되었음을, 정단오가 손에 끼워 준 명왕의 눈물로 인해 대단히 중요한 것이 뒤틀렸음을 깨달았기 때문이다.

정단오는 씁쓸함이 가득 묻어 나오는 얼굴로 그를 보며 말했다.

"살아라. 끝까지 살아남아 나를 원망해라."

"끄아아아아악—!"

뒤늦게 새 생명의 대가인 고통이 엄습한 것일까?

되살아난 남자가 절규를 토하며 머리를 감쌌다.

정단오는 명왕의 눈물이라는 위험한 아티팩트가 만들어 낸 기적, 또는 불행을 계속 지켜보고 있었다.

* * *

"후우우……."

회상을 마친 정단오가 긴 한숨을 내쉬었다.

맥의 활, 심연의 계단, 명왕의 눈물.

각각의 아티팩트에 담겨 있는 추억과 이야기는 100년이 지났어도 생생하게 살아 그를 가슴 아프게 만들었다.

그는 지하실에서 망가진 왼팔을 회복하며 끊임없이 과거를 되새겼다.

원로회 한국 지부의 아티팩트 보관소에서 맥의 활, 심연의 계단, 명왕의 눈물을 회수한 후 지난 후회가 그를 붙잡고 놓아주지 않았다.

정단오 자신이 조금만 더 독했다면, 조금만 더 현명했다면 세 개의 아티팩트를 그곳에서 발견할 일은 없었을 것이다.

자신이 넘겨준 아티팩트를 물려받은 독립군 후손들이 죄 없이 죽은 것도 남 탓처럼 느껴지지 않았다.

"후우우우우—"

그가 길고 긴 한숨을 다시 내쉬었다.

아쉬움은 여전하고, 후회는 그대로 심장 깊숙이 머물렀다.

그러나 이제는 일어설 때가 됐다.

지하실을 박차고 나가 새로운 시대를 열어야 한다.

100년 후에 똑같은 후회를 반복하지 않으려면 지금 이 순간을 바꿔야 하는 것이다.

이러한 교훈을 얻기까지 정단오는 참 많은 사람을 잃었고, 오랜 세월을 멀리 돌아와야 했다.

"시간이 됐군."

그가 입을 열었다.

지하실을 박차고 밖으로 나갈 시간, 그리고 과거의 미련을 접어 두고 현재와 맞서 싸울 시간이 된 것이다.

멀쩡하게 회복된 팔과 굳건한 두 다리로 또 다른 비극을 막아 내야 했다.

끼이이익—

이윽고 정단오가 지하실 문을 열었다.

문앞의 계단에는 김상현이 쭈그려 앉아 있었다.

"나오셨습니까, 마스터."

김상현은 왜 이리 오래 있었는지, 몸은 괜찮은지, 앞으로 어떻게 할 건지 아무것도 묻지 않았다.

그저 유쾌한 미소를 지으며 정단오를 반겨 줄 뿐이었다.

CIA에서 특급 에이전트로 이름을 날렸고, 지금도 휘하에 유능한 요원 여럿을 거느린 사설 탐정계의 거물이 정단오를 만나면 순수한 소년으로 돌아가는 것이다.

남자에게는 누구나 슈퍼 히어로가 있다.

어린 시절 꿈을 꾸게 만들었던 슈퍼맨, 배트맨, 스파이더맨 또는 아이언맨.

나이가 들면서 영웅이 없다는 걸 깨닫고 어른이 되지만, 만약 슈퍼 히어로가 진짜 눈앞에 나타난다면 어떻게 될까?

모든 남자는 그 순간 어린아이로 돌아가 영웅을 따를 수밖에 없을 것이다.

김상현에게는 정단오가 바로 그런 슈퍼 히어로였다.

자신의 생명을 구해 준, 그리고 지나간 세월의 무게로 인해 괴로워하는 영웅.

그를 돕기 위해서라면 김상현은 하나뿐인 목숨과 남은 삶을 기꺼이 바칠 준비가 돼 있었다.

정단오도 김상현의 진심을 알기에 10년이 넘는 시간 동안 그의 곁에 머무는 것을 허락하였다.

"오래 기다렸나?"

정단오의 물음에 김상현이 고개를 절레절레 내저었다.

"얼마 안 기다렸습니다."

"거짓말을 하는군."

"마스터의 기다림에 비하면 제 기다림 정도로 어디 명함이나 내밀겠습니까?"

"함께 걸어가자, 김상현. 이 나라에 가득 찬 부조리와 뒤틀린 역사를 걷어 내고 아무것도 없이 텅 빈 자리에 네가 증인이 되어 다오."

"함께하겠습니다, 마스터."

중년의 김상현이 청년의 외모를 지닌 정단오를 보며 공손히 허리를 숙였다.

김상현은 정단오가 선문답처럼 읊조린 말의 뜻을 알아듣는 유일한 사람이다.

그래서 그는 지하실에서 나온 불멸의 마스터가 어떤 결단을 내렸는지 깨달았다.

이제 원로회 한국 지부의 아티팩트 보관소를 무너트린 것과는 비교도 할 수 없는 큰 싸움이 연달아 벌어질 것이다.

핏빛 행군에서 외롭고 고독한 정단오의 옆자리를 지킬 사람은 김상현 혼자뿐인 것 같았다.

바로 그때였다.

"단오 씨! 단오 씨, 나왔어요?"

우당탕탕—!

이지아가 쿵쾅거리며 지하실 계단으로 내려왔다.

그녀는 어둠 속에 서 있는 정단오를 쳐다봤다.

그의 새하얀 속살이 지하실 입구에서 빛을 발하고 있었다.

이지아는 망설이지 않고 그에게 달려들어 넓은 가슴을 주먹으로 두드렸다.

팡! 팡!

"왜 이렇게 늦게 나왔어요? 얼마나 걱정했는데! 밖에서 걱정하는 사람 생각은 요만큼도 안 하는 거죠!"

정단오는 그녀의 주먹질에 무방비로 가슴을 내준 채 희미한 미소를 지었다.

그가 웃는 장면을 보는 건 매우 드문 일이다.

김상현도 놀란 눈으로 웃고 있는 정단오의 얼굴을 쳐다봤다.

그러나 정단오는 금세 미소를 지우곤 이지아의 두 손목을 부여잡았다.

"약속하겠다. 이제 다시는 말없이 사라지거나 잠적하지 않으마. 설령 그게 같은 지붕 아래의 지하실이라고 해도."

"정말이죠? 약속하는 거죠?"

"약속한다."

"알았어요. 그럼 딱 한 번만 봐줄게요."

이지아는 큰 눈동자 가득 눈물을 그렁그렁 맺은 채 고개를 끄덕였다.

현실을 온전히 살아 내기로 결심한 정단오는 자신 때문에 능력자의 세계로 들어온 이지아를 끝까지 지킬 작정이었다.

그의 약속은 이자아가 상상하는 것보다 훨씬 무겁고 귀중했다.

하지만 뒤에서 둘을 바라보던 김상현은 결국 참지 못하고 웃음을 터트렸다.

"하하하, 이래서 부부싸움은 칼로 물 베기라는 말이 있는 모양입니다. 누군가 마스터에게 봐준다는 말을 하다니, 평생 오늘을 못 잊을 것 같습니다. 흐흐흐흐!"

찌릿—

"뭐라구요?"

뒤이어 정단오의 살벌한 눈빛과 이지아의 매서운 쏘아붙임이 김상현을 얼어붙게 만들었다.

그는 새삼 연인들의 싸움엔 끼어들어선 안 된다는 걸 느끼며 두 손을 들었다.

"항복합니다, 항복. 사죄하는 의미에서 제가 밥을 쏘겠습니다. 마스터도 최소한의 곡기로 지내셨을 테니 배가 고프실 겁니다. 지아 씨는 늘 배가 고픈 편인 것 같고……."

"뭐라구요!"

"아, 또 실수. 아무튼 밥 삽니다. 그러니까 올라들 갑시다, 하하하."

김상현이 뒷머리를 긁적이며 도망치듯 계단 위로 올라갔다.

그를 따라 이지아와 정단오도 저택 1층으로 향했다.

어두컴컴한 지하실을 벗어나 따뜻함이 감돌고 있는 집 안으로 올라온 것이다.

정단오는 넓은 저택 곳곳에 배어 있는 이지아의 손길을 느끼며 눈을 감았다.

그는 이 행복을 지키기 위해 기꺼이 세상과 싸울 것이다.

* * *

세상은 아무 일이 없는 것처럼 멀쩡하게 돌아갔다.

그러나 능력자의 세계는 당장 무슨 일이 벌어질 것처럼 뒤숭숭했다.

원로회 한국 지부의 아티팩트 보관소가 습격을 당해 완전히 무너졌기 때문이다.

그곳을 지키던 영물과 능력자들이 전멸당했고, 건물 전체가 불에 타 버렸다.

당연히 아티팩트는 사라졌다.

역사상 전무후무한 사건이 하필이면 한국 지부의 보관소에서 일어나고 말았다.

이 사실이 알려지면 한국 지부는 세계 원로회의 감찰을 받을 수밖에 없다.

우선적으로 아티팩트 보관소를 지키지 못한 책임을 져야 할 것이다.

그런 후에 세계 원로회의 도움을 받아 범인을 찾아내고 검거하는 게 순서다.

그러나 한국 지부에서는 보관소가 습격당한 사실을 세계 원로회에 알리지 않았다.

도둑이 들면 경찰에 신고하는 것이 상식이듯 이런 경우엔 세계 원로회에 도움을 청하는 게 당연한 일이었다.

그럼에도 불구하고 한국 지부가 상식을 거스르는 건 뒤가 구리기 때문이었다.

한국 지부의 보관소에서 사라진 아티팩트 중에는 출처가 의심스러운 것들이 꽤 있었다.

독립군 후손들을 죽여 강탈한 아티팩트는 공식적으로 원로회 한국 지부의 소유품이 아니었다.

그렇기에 일단 한국 지부의 힘으로 범인을 찾아내 아티팩트를 회수하고 일을 무마하려는 것이었다.

아티팩트 보관소가 무너진 엄청난 사건을 겪고도 원로회 한국 지부는 자신들의 치부를 숨기기에 급급했다.

한편으로는 누가 보관소를 습격했든 결국엔 잡아내 처단할 자신이 있다는 반증이었다.

한국에서 활동한 능력자의 90% 이상이 원로회 한국 지부 소속이다.

하지만 그들은 자신들이 상대해야 할 적이 이터널 마스터라고는 상상하지 못하고 있었다.

물론 원로회 한국 지부가 경각심을 가지고 총력을 다해 움직이기 시작했다는 건 변함없는 사실이었다.

"……이상입니다, 마스터."

평창동 저택에서 김상현이 긴 브리핑을 끝냈다.

그는 원로회 한국 지부의 예상 움직임을 보고하며 앞으로 벌어질 상황을 체크해 줬다.

유림본서를 얻은 뒤 은신처에 숨어 힘을 기르고 있는 선비촌 사람들, 그리고 아직 드러나지 않은 정단오의 존재가 이쪽이 지닌 변수였다.

반면, 원로회 한국 지부는 엄청난 정보망과 압도적 머릿수의 능력자들, 한국 정부와 오성 그룹의 지원을 등에 업고 있었다.

각자 가진 카드와 장점이 극명하게 달랐다.

이런 싸움에선 상대의 패를 정확히 예측하는 쪽이 승리하기 마련이었다.

김상현은 정보전의 중요성을 강조하고 있었다.

"마스터께서 은거하신 지난 100년 동안 한국 지부뿐 아니라 세계 원로회에도 많은 변화가 있었습니다. 저 역시 정보망을 가동해도 원로회 한국 지부의 핵심 조직과 주요 능력자를 모두 알아낼 순 없었습니다. 우선 그들의 전력을 파악해야 큰 그림을 짤 수 있을 것 같습니다, 마스터."

"중요한 건 그들의 능력이 아니다."

정단오는 김상현의 눈동자를 쳐다보며 입을 열었다.

전쟁에 있어 정보의 중요성을 모르는 게 아니었다.

그는 인류의 전쟁이 정보에 의해 판가름 나는 걸 두 눈으로 직접 지켜본 사람이다.

그러나 앞으로 펼쳐질 싸움은 달랐다.

정단오는 누구도 부정할 수 없을 만큼의 압도적인 카리스마가 담긴 목소리로 말했다.

"내가 어디까지를 적으로 생각하느냐, 그것이 문제다."

"무슨 말씀이신지……."

정단오의 이야기라면 뭐든 알아듣는 김상현도 위압감에 짓눌려 질문을 던졌다.

정단오는 시선을 고정시킨 채 말을 계속했다.

"원로회 한국 지부를 모조리 쓸어버리느냐, 아니면 독립군의 후손들을 죽이고 아티팩트를 강탈한 인간들을 선별해 징벌하느냐의 문제다."

"만약 전자를 택하시면 어찌 되는 겁니까?"

"이것저것 가릴 것 없이 원로회 한국 지부의 모든 부분을 파괴하게 되겠지. 그들과 손을 잡은 오성 그룹까지도."

"마스터……."

김상현은 정단오가 결코 허풍을 떨거나 농담을 하는 게 아니란 사실을 잘 알고 있었다.

무모한 싸움이라도 그가 마음을 먹으면 어떻게 될지 모른다.

이터널 마스터가 원로회 한국 지부 전체와 전쟁을 시작

하고 거기에 얽인 오성 그룹과 한국 정부가 흔들리면 한반도에 대혼란이 일어날 것이다.

김상현은 당연히 사건에 관련이 있는 자들만 찾아내 책임을 지게 하는 쪽으로 정단오의 생각을 돌리고 싶었다.

그러나 그 역시 쉬운 일은 아니었다.

우선 원로회 한국 지부의 규모와 조직을 파악하는 것도 난제였고, 어디서부터 썩어 들었는지 파헤치는 과정에서 싸움이 커질 가능성이 높았다.

결국 이러나저러나 대한민국은 혼란에 휩싸일 것 같았다.

비단 능력자의 세계만 해당되는 문제가 아니었다.

오성 그룹과 한국 정부가 얽인 사건이기에 이번 일을 계기로 능력자의 세계가 수면 위로 떠오를 수도 있었다.

그렇게 되면 세계 원로회가 가만있지 않을 것이다.

생각이 깊어질수록 김상현은 머리가 터질 지경이 됐고, 결국 한숨을 내쉬며 정단오의 결정에 모든 것을 맡겼다.

"마스터, 저의 부족한 계산으로는 도무지 답이 나오지 않습니다. 어차피 빼 든 칼, 마스터의 뜻대로 휘두르십시오. 묵묵히 보좌하겠습니다."

"내 칼이 어디로 향할지 함께 알아봐야겠다, 김상현."

확실히 정단오는 칼을 빼 들었다.

지하실에서 나온 순간 100년 넘게 칼집에 꽂혀 있던 칼이 빛을 발한 것이다.

그의 칼끝이 어디를 겨누게 될지 세상은 아직 모르고 있었다.

* * *

김상현이 바빠졌다.

원로회 한국 지부, 그리고 글로벌 대기업인 오성 그룹과 대한민국 정부의 커넥션을 조사해야 하기 때문이었다.

기존에 수행하던 미션과는 차원이 다른 일이었다.

단순히 겉 핥기 식으로 표면만 살펴서는 안 된다.

그의 조사 결과에 따라 정단오의 칼이 휘둘러질 것이다.

김상현은 어느 때보다 무거운 책임감과 부담감을 느끼며 자신의 조직과 능력을 풀가동시켰다.

다행히 CIA에서 근무하던 시절 동아시아 지역을 담당하던 요원들과 좋은 관계를 맺었기에 큰 힘이 됐다.

규칙에 따르면, CIA에서 나간 전직 요원이 현직 요원들과 접촉하는 건 절대 금기 사항이었다.

그러나 규칙 위에 사람이 있는 법.

김상현은 남몰래 한국와 동아시아를 담당하는 옛 동료들을 만나며 정보를 수집했다.

원로회에 대한 정보는 얻기 힘들어도 오성 그룹과 대한민국 정부의 특이 동향은 CIA가 꽉 쥐고 있었다.

"그래서 접근이 어려워?"

현재 김상현은 가회동 인근의 카페에서 금발의 백인 남성과 대화를 나누는 중이었다.

앞에 앉아 핫 초코를 홀짝이는 백인 남성은 비쩍 마른 몸에 볼품없는 외모를 지니고 있었다.

웬만하면 다 중간 이상의 외모를 자랑하는 백인 남성치고 특별히 못난 편이었다.

그러나 초라한 외모와 달리 그는 현재 CIA의 동아시아 정책을 총괄하는 브레인이다.

김상현이 에이전트 킴으로 날리던 시절 신입으로 들어왔던 애송이가 어느덧 거물이 된 것이다.

그는 김상현을 돕기 위해 아무나 건드릴 수 없는 CIA의 기밀 정보를 넘겨주고 있었다.

물론 조직을 배신하는 건 아니었다.

기록을 남기지 않고 구두로만, 그리고 미국의 안전에 해가 되지 않는 정보만 넘기고 있었다.

하지만 그마저도 엄청난 특혜라는 건 두말할 나위가 없는 사실이었다.

그럼에도 김상현은 만족하지 못한 얼굴이었다.

"알고 있는 게 더 있잖아? 소스 좀만 풀어 봐, 론."

론이라 불린 백인 남성은 얼굴을 감싸 쥐었다.

동아시아 정책을 담당하는 자리에 올랐지만 옛 스승이나 다름없는 김상현 앞에서는 애송이로 돌아가는 기분이었다.

CIA의 전설. 어느 날 갑자기 은퇴한 아시아계 요원들의 영웅인 에이전트 킴에게 받은 도움이 주마등처럼 뇌리를 스치고 지나갔다.

결국 론은 한숨을 내쉬었다.

"후우, 이거까진 정말 말하면 안 되는 건데, 하나만 물어봐도 될까?"

"뭔데?"

"킴, 이 정보를 어디에 쓰려는지 알려 줄 수 있어?"

"론, 우리 아마추어처럼 굴지 말자. 그걸 말해 줄 수 있다면 진작 알려 줬겠지."

"그럼 정말 하나만. 미국의 안전에 영향을 주는 일을 하려는 건 아니겠지?"

"전혀. 미국이 신경을 쓰게 될 순 있지만, 아직까지 직접적으로 연관될 여지는 없어. 내 이름을 걸고 약속하지."

"아직[Yet]이라는 말이 마음에 걸리지만, 별수 없지."

론은 결심을 한 듯 김상현의 눈을 똑바로 마주 봤다.

이윽고 그의 입에서 김상현이 원하던 핵심 정보가 흘러나왔다.

"오성 그룹에서 무시하기 힘든 수준의 자금이 어디론가

증발되고 있다는 걸 확인했어."

"무시하기 힘든 수준의 자금?"

김상현이 반문했다.

오성 그룹은 각종 분야에 걸쳐 세계적으로 명성을 떨치고 있는 대기업이다.

오죽하면 대한민국이라는 브랜드보다 파이브 스타라는 이름이 더 유명할 지경이었다.

그런 그룹에서 몇 십억 내지 몇 백억 정도는 푼돈에 불과했다.

CIA의 동아시아 정책 책임자인 론이 무시할 수 없다고 말 할 정도면 최소 몇 천억 원이라고 생각해야 한다.

론은 고개를 끄덕이며 말을 계속했다.

"자금의 흐름을 추적하니 한국 정부가 나왔지. 그렇지만 최종 전달처가 한국 정부는 아니었어."

"대한민국 정부가 오성 그룹의 자금 세탁을 해 준다는 뜻인가?"

김상현은 인상을 쓰며 낮게 가라앉은 목소리로 질문을 던졌다.

어느 정도 예상은 했지만 상상을 초월하는 이야기에 분노가 치밀어 올랐다.

대체 이 나라는 어디서부터 이렇게 썩어 있단 말인가.

그러나 놀라긴 아직 일렀다.

론은 확실한 정보로 결정적 심증을 제공해 줬다.

"내가 신입일 때부터 당신은 결론만 말하라고 강조했지. 킴, 결론을 말해 줄까?"

"당장[Right Now]!"

"오성 그룹의 자금이 한국 정부를 거쳐 우리가 추적할 수 없는 곳으로 흘러갔다는 게 결론이지. CIA 내부에서나조차 접근할 수 없는 정보라면……."

"오케이, 그럼 오성 그룹의 자금을 세탁해 준 정부 부처가 어디인지 알 수 있을까?"

"이게 마지막이야, 킴."

"알았으니 말해 봐."

"국방부."

"뭐?"

"국방부를 통해 막대한 액수의 자금이 증발되고 있어. 여기까지가 정말 마지막이야."

론은 더 이상은 말할 수 있는 게 없다는 듯 단호한 표정을 지었다.

이미 그가 준 정보는 일급 기밀에 해당하는 사항이었다.

김상현도 더는 욕심을 부리지 않았다.

이미 원로회 한국 지부가 개입했음을 알기에 대략의 그림이 그려졌다.

'오성 그룹의 자금이 국방부를 거쳐 원로회 한국 지부로 흘러갔다는 말인데……. 그 대가로 원로회는 정부와 오성 그룹을 위해 능력자들을 사용했고, 한편으론 독립군 후손들을 죽여 아티팩트를 강탈했지. 연결 고리가 조금씩 드러나고 있군.'

생각을 정리한 김상현이 자리에서 일어났다.

그는 커다란 손을 내밀어 론과 악수를 나눴다.

"이걸로 애송이 시절의 빚은 다 갚은 셈 치지. 고마워, 론."

"무슨 일을 하려는지 몰라도 조심해, 킴. 한국에서 오성그룹과 국방부를 건드린다는 게 어떤 의미인지는 잘 알겠지?"

"물론."

김상현은 힘차게 대답한 후 몸을 돌렸다.

그의 마음은 이미 정단오와 이지아가 있는 평창동 저택으로 달려가고 있었다.

* * *

"할 일이 생겼다."

정단오의 목소리가 귀에서 떠나지 않았다.

이지아는 그가 팔을 치료하며 몸을 숨겼던 평창동 저택 지하실로 들어갔다.

할아버지의 아티팩트인 주시자의 눈을 완벽하게 다루기

위한 수련을 시작한 것이다.

어느 순간부터 수련을 멈췄던 그녀가 다시 정신을 집중했다.

정단오는 원로회 한국 지부 전체, 나아가 오성 그룹과 대한민국 정부까지 적으로 돌렸다.

그의 칼에는 자비가 없을 것이고, 한 번 시작된 전쟁은 결코 쉽게 끝나지 않을 터이다.

이지아는 세상을 상대로 싸우기로 결심한 정단오에게 힘이 되어 주고 싶었다.

그녀가 할 수 있는 건 주시자의 눈을 사용해 사람의 마음을 읽어내는 일이었다.

주시자의 눈을 자유자재로 쓸 수 있게 되면 일반인이든 능력자든 가리지 않고 손바닥 들여다보듯 마음을 읽는 게 가능해진다.

그야말로 완벽한 인간 치트키가 되는 것이다.

이지아는 매일 탈진 직전까지 몸 안의 능력을 끌어내며 주시자의 눈을 다루고 있었다.

그녀의 하얗고 기다란 목에 걸린 은빛 십자가 펜던트는 쉴 새 없이 공중으로 떠올라 주인의 부름에 응했다.

이지아가 지하실을 박차고 올라오는 날, 정단오는 천군만마 못지않은 마인드 해커를 얻게 될 것이다.

한편, 김상현으로부터 보고를 받은 정단오 역시 출정 준비를 게을리하지 않았다.

그는 아티팩트 푸른 소라의 보유자인 아이돌 가수 미유의 안전 확보에 만전을 기했다.

미유 주위에는 김상현이 붙인 특급 요원 여럿이 대기하며 24시간 감시 체제를 가동 중이었다.

예전처럼 원로회가 보낸 능력자에 의해 불미스러운 일을 당하지 않도록 철저히 지키는 것이었다.

미유 역시 푸른 소라를 사용해 정단오에게 도움이 되어줄 존재였다.

쏴아아아아—

저택의 정원에 앉은 정단오의 몸에서 하얀 연기가 치솟았다.

이지아를 수련에 매진하게 만들고 미유의 경호를 강화시킨 그는 100년 만에 다시 찾은 아티팩트를 손에 익히고 있었다.

맥의 활, 심연의 계단, 그리고 명왕의 눈물은 하나같이 경천동지할 위력을 지닌 아티팩트였다.

그것들의 기운을 익히는 건 전쟁을 앞두고 꼭 해야 할 일이었다.

다행히 100년의 세월이 흘렀어도 아티팩트는 주인을 잊지 않았다.

세 개의 아티팩트는 원래 주인인 정단오의 손길을 기억하는 듯 점차 그의 몸에 길들여지고 있었다.

정단오는 눈을 감은 채 이미지 트레이닝에 집중했다.

스스로의 상념 속에 만든 가상의 공간에서 세 개의 아티팩트를 사용하고 있었다.

쐐애액—

맥의 활에서 쏘아진 빛의 화살이 하늘을 가르고 보이지 않는 곳에 숨어 있는 적들의 정체를 알려 줬다.

바닥에 펼쳐진 낡은 서책은 이름처럼 심연의 계단을 불러와 수많은 적들을 악몽에 빠트렸다.

마지막으로 명왕의 눈물.

이미 불로불사의 권능을 지닌 그가 명왕의 눈물을 직접 사용할 필요는 없다.

그러나 최후의 순간, 정단오는 곁에 있는 동료에게 명왕의 눈물을 건네줄 것이다.

명부의 힘을 빌릴 수 있는 반지를 끼게 된 사람은 잠시 동안 불멸의 기운을 얻어 인간의 한계를 초월하게 된다.

어둡고 음습한 명부의 힘이 끝내 사용자의 영혼을 갉아먹겠지만, 정단오에겐 큰 힘이 되어 줄 것이다.

그는 명왕의 눈물만은 사용하지 않아도 되길 바라며 이미지 트레이닝을 마쳤다.

정원 위에 가부좌를 튼 채 눈을 뜨니 해가 뉘엿뉘엿 기울고 있었다.

불그스름한 저녁 하늘이 아름답기 그지없었다.

하지만 정단오의 눈동자에 비친 노을은 마치 핏빛 같았다.

누군가에게는 아름다운 하늘이 누구에게는 피와 전쟁을 연상시키는 것이다.

"이런 여유도 곧 끝나겠군."

정단오는 하늘을 바라보며 예언처럼 혼잣말을 읊조렸다.

아티팩트 보관소를 무너트린 것도 어느덧 한 달 전의 일이 되어 버렸다.

그사이 원로회 한국 지부도 바쁘게 움직이며 미지의 적을 찾아 헤매는 중일 것이다.

유림본서와 함께 은거한 선비촌도 착실히 힘을 기르고 있을 터. 머지않아 양측이 피의 충돌을 할 수밖에 없다.

터억.

정단오가 가부좌를 풀고 일어섰다.

평창동 저택의 정원에 홀로 우뚝 선 그의 모습에서 범접하기 힘든 존재감이 느껴졌다.

정단오는 테이블에 올려놓은 핸드폰을 집어 들었다.

번호를 누를 것도 없이 단축키를 누르자 김상현에게 전화가 연결됐다.

삐이이이—

통화 연결음이 얼마나 울렸을까, 핸드폰 너머에서 늘 싹싹한 김상현의 음성이 들려왔다.

"넵, 마스터."

"오성 그룹과 국방부. 둘 중에서 어디를 먼저 건드려야 한다고 생각하나?"

"국방부는 방대한 조직입니다. 아직 누가 핵심이 되어 주도적으로 자금 세탁을 했는지 알아보는 중입니다. 그에 비해 오성 그룹은 기획실이 핵심인 게 분명합니다. 일전에 비행기 안에서 후계자이자 기획실장인 이정철을 작업했으니…… 다시 그를 물고 틈을 파 보는 게 어떻겠습니까?"

"일리 있는 의견이군."

"감사합니다."

"그럼 이정철, 그에게 다시 한 번 악몽을 선사하도록 하겠다."

"준비하겠습니다, 마스터."

휘이이이이—

높은 담장 너머로 한 줄기 바람이 불어왔다.

정단오가 칼을 빼 들었다.

그의 칼은 비행기에서 하이재킹으로 심령을 제압한 적이 있는 오성 그룹의 후계작 이정철을 향하고 있었다.

대통령도 쉽게 건드릴 수 없는 글로벌 대기업 오성 그룹.

오성 공화국, 아니, 오성 제국의 후계자는 미국으로 가는 비행기 안에서 악몽을 맛본 적이 있다.

정단오는 다시 한 번 그에게 나타나 오성 그룹과 국방부를 거쳐 원로회 한국 지부로 이어진 커넥션을 샅샅이 파헤칠 작정이었다.

하이재킹 때와 달라진 게 있다면 심증이 아니라 물증이 있다는 것, 그리고 구체적으로 알아내야 할 목표가 뚜렷하다는 점이었다.

오성 그룹의 후계자인 이정철은 평생의 트라우마가 된 비행기 안에서의 악몽이 재현되리란 사실을 알고 있을까?

제아무리 오성 제국의 성안에 숨어 있어도 불멸의 마스터 정단오는 그를 찾아내 심판대에 세울 것이다.

과거를 딛고 새로운 미래를 열기 위해 정단오가 뽑은 칼날이 날카롭게 번뜩이고 있었다.

11장
제국을 향해 뽑은 칼

"한 병 더 가져와."

"실장님, 외람되지만, 취하신 것 같습니다."

"닥치고 더 가져오라고!"

이정철이 버럭 소리를 질렀다.

오성 그룹의 후계자라고 해도 대외적으로는 겸손하고 젠틀한 이미지를 유지해 오던 그가 언성을 높이는 일은 거의 없었다.

하지만 언제부터인가 이정철이 술에 취해 주사를 부리고 다닌다는 소문이 재벌들 사이에서 떠돌기 시작했다.

지금도 그는 한남동의 고급 몰트 위스키 바에서 추태를 부리는 중이었다.

이미 몇 병의 위스키를 마셨음에도 재차 주문을 했고,

그를 염려한 몰트 바의 매니저가 만류를 해도 소용이 없었다.

"장사 안 할 거야? 어? 내가 그냥 이 가게 통째로 사 버릴까!"

이정철의 으름장에 주변 테이블의 사람들이 인상을 쓰며 자리에서 일어났다.

한남동 일대의 몰트 위스키 바는 상류층이 모이는 사교의 장소다.

그들 역시 이정철이 누구인지 잘 알고 있었다.

그래서 직접적으로 충돌하진 않아도 불쾌해하는 기색이 역력했다.

재벌이나 명문 정치가의 자제일수록 평판을 조심해야 한다.

이제껏 평판을 잘 지켜 온 이정철은 최근의 기행으로 망나니 취급을 받게 됐다.

아마 그의 아버지이자 오성 그룹의 회장에게도 소식이 들어갔을 것이다.

이정철의 심각한 주사가 어쩌면 그룹의 후계 구도에도 영향을 끼칠지 몰랐다.

불과 일 년 전까지만 해도 기획실장 자리를 꿰찬 이정철이 후계자라는 데 의심을 갖는 사람은 없었다.

그렇다면 도대체 무엇이 이정철을 이처럼 망가트린 것일까?

후계자가 확실하다는 자만감 때문은 분명 아니었다.

세상 사람들은 절대 알 수 없는 비밀.

말하는 것은 고사하고, 생각만 해도 심장을 억누르는 공포감이 밀려오는 그날의 사건이 이정철을 술독에 빠트린 것이다.

미국으로 가는 비행기 안에서 하이재킹을 당한 이정철은 정단오가 펼친 혼연의 검에 정통으로 맞았다.

영혼까지 소멸시킬 수 있는 혼연의 검은 그에게 씻을 수 없는 트라우마를 남겼고, 그 후 그룹의 후계자로 촉망받던 이정철은 조금씩 망가지며 오늘에 이르렀다.

처억.

그때, 이정철의 테이블 위로 새로운 술병이 놓여졌다.

종업원이 위스키를 꺼내 온 것일까?

고개를 숙이고 있던 이정철은 확인도 하지 않고 잔을 내밀었다.

술병을 들고 온 사람은 얼음 몇 개를 이정철의 잔에 채웠다. 그러곤 스트레이트로 최고급 몰트 위스키를 따랐다.

"그래, 그래야지."

퇴근 후 식사도 거르고 혼자 방문해 술을 마시던 이정철은 만족스럽다는 듯 고개를 끄덕였다.

그는 가득 채워진 잔을 입에 가져가며 시선을 올렸다.

누가 자신에게 술을 따랐는지 본능적으로 확인하려는 것

이었다.

"허, 허업—!"

순간, 이정철이 신음을 흘리며 손에서 술잔을 놓쳤다.

술잔이 떨어지려는 찰나, 새하얀 손이 땅에 부딪쳐 깨지기 직전의 잔을 잡아챘다.

이정철은 귀신이라도 본 사람처럼 창백하게 질린 안색으로 말을 잇지 못했다.

"오랜만이군."

귓가로 들려온 목소리는 저승사자의 선고 같았다.

술잔을 들고 맞은편에 앉은 사람은 다름 아닌 정단오였다.

검은 정장을 입은 그가 깊이를 헤아릴 수 없는 눈빛으로 이정철을 노려보고 있었다.

"비서와 경호원도 대동하지 않고 혼자 추태를 부리고 있는 이유가 뭔가."

정단오는 마치 오랜 친구처럼 이정철 앞에 앉아 입을 열었다.

하지만 상대를 알아본 이정철은 입술을 바들바들 떨면서 어떤 대답도 하지 못했다.

떠올리기만 해도 죽음의 고통을 느끼게 만든 당사자가 나타났으니 제정신을 유지할 수 없었다.

정단오는 그에게 다가가 귓속말을 했다.

"따라와라. 둘이 할 이야기가 있다."

이정철은 반항할 생각도 하지 못하고 뭔가에 홀린 사람처럼 자리에서 일어섰다.

둘의 모습에 몰트 위스키 바의 종업원들도 정단오를 이정철의 지인이라 생각했다.

정단오는 비틀거리는 이정철을 반쯤 부축한 채 친한 친구처럼 가게 밖으로 나갔다.

여유로운 정단오와 달리 이정철은 저승 문턱에 다다른 듯 세상에 다시없을 공포를 느끼고 있었다.

대한민국을 좌우하는 오성 그룹의 후계자도 정단오 앞에서는 순한 먹잇감에 불과했다.

정단오는 길에 세워 둔 검은색 레인지로버에 그를 태우고 운전대를 잡았다.

부우우우웅—

오늘따라 레인지로버가 더욱 거친 배기음을 뿜어냈다.

반쯤 이성을 상실한 채 패닉 상태에 빠진 이정철의 귀에는 레인지로버의 배기음이 지옥문을 지키는 켈베로스의 울음소리처럼 들렸다.

켈베로스, 아니, 검은색 레인지로버가 텅 빈 한남동 길을 가로질러 도심을 질주했다.

가뜩이나 술에 쩔은 상태에서 사신(死神)을 만난 이정철은 자신의 운명을 저주하고 있었다.

미국으로 가는 비행기를 타기 전까지만 해도 그는 세상에서 무서운 게 없던 오성 그룹의 후계자였다.

그런데 그때, 그 비행기에서부터 운명이 완전히 꼬여 버렸다.

이제 와 후회해 봐야 바뀌는 건 아무것도 없다.

이정철은 인생을 포기한 사람처럼 넋이 나간 얼굴로 레인지로버 조수석에 몸을 묻었다.

할 수 있는 게 아무것도 없다는 절망감.

태어날 때부터 오성이라는 제국의 황태자 신분을 가져 원하는 건 모두 얻어 낸 이정철은 생전 처음 느끼는 무력감 앞에서 멘탈이 완전히 깨졌다.

정단오는 그의 심리 변화를 꿰뚫고 있었다.

비행기에서 하이재킹을 한 순간부터 이정철은 벗어날 수 없는 먹잇감이 된 거나 마찬가지였다.

'이 괴로움이 쉽게 끝나진 않을 거다.'

정단오는 입술을 굳게 다문 채 액셀을 세게 밟았다.

부모를 잘 만났다는 이유 하나로 부와 권력의 꼭짓점에서 힘없는 사람을 짓밟고 독립군 후손들을 죽이는 데 도움을 준 이정철의 고통은 지금부터가 시작이었다.

오성 그룹의 황태자는 죽음보다 괴로운 삶도 있다는 걸 비싼 수업료를 내고 배우게 될 것 같았다.

정단오는 곧장 평창동 저택으로 달려왔다.

굳이 다른 장소를 물색할 필요는 없었다.

미행이 없다는 건 이미 김상현이 확인해 줬고, 이정

철은 죽었다 깨어나도 평창동 저택을 기억하지 못할 것이다.

혼연의 검, 그리고 정단오라는 존재 자체에 완전히 짓눌린 이정철은 그에 관한 건 토씨 하나도 발설할 수 없었다.

콰당탕!

평생 곱게 자란 이정철이 어두컴컴한 지하실에 우겨 넣어졌다.

정단오의 치료, 이지아의 수련에 이어 이정철을 몰아 두는 용도까지. 평창동 저택의 지하실은 참 여러 용도로 쓰이게 됐다.

"앉아라."

정단오가 낡은 철제 의자를 가리켰다.

이정철은 어두컴컴한 지하실 안에서 겨우 의자를 찾아 엉거주춤 앉았다.

절망에 빠져 꼭두각시처럼 움직이는 그의 모습은 마치 생을 포기한 사람을 연상시켰다.

실제로 이정철의 목숨은 정단오가 쥐고 있었다.

정단오는 새하얀 두 손을 쫘악 펼치고 자신의 기운으로 지하실을 가득 채웠다.

화아아아아악—

어둠보다 더 짙은 아우라가 지하실을 진동시켰다.

정단오가 마음먹고 뿜어내는 기파는 범인이 감당할 수

있는 수준이 아니었다.

선비촌의 능력자들도 그의 존재감 앞에서 피를 토하고 쓰러진 바 있었다.

고급 교육을 받았어도 일반인에 불과한 이정철이 버텨낼 수 없는 기운이었다.

"우욱— 우웨엑—!"

아니나 다를까.

이정철은 이내 구역질을 하며 속에 든 것을 토해 냈다.

위스키 색깔의 토사물과 안주로 먹은 건더기들이 지하실 바닥을 적셨다.

정단오는 멈추지 않고 기파(氣波)를 더욱 거세게 몰아쳤다.

거대한 해일처럼 사납게 치밀어 오른 그의 기운이 이정철의 목줄을 옥죄고 있었다.

"그, 그만…… 제발 그마안……!"

몰트 위스키 바에서 정단오를 본 순간부터 패닉에 빠진 이정철은 자신의 바닥을 보였다.

가까스로 의자에 걸터앉은 채 겁에 질린 얼굴로 절규하는 모습은 측은해 보이기까지 했다.

그러나 정단오는 일말의 동정심도 느끼지 않았다.

오성 그룹의 부도덕한 경영 태도는 익히 알려져 있다.

게다가 진짜 문제는 오너 일가의 비윤리적 경영이 아니

었다.

그들이 원로회와 결탁하여 독립군 후손들을 죽였다는 게 가장 큰 실책이었다.

오성 그룹에서 나온 자금이 국방부를 거쳐 원로회 한국 지부의 배를 불려 줬다.

원로회 한국 지부는 그 대가로 오성 그룹의 일에 방해가 되는 수많은 사람들을 알게 모르게 처리했고, 현실에 개입하여 독립군 후손들을 비롯한 일반인을 죽여 능력자 세계의 룰을 어겼다.

원로회가 만든 룰을 원로회가 어긴 셈이었다.

그 시발점에 오성 그룹이 있고, 기획실의 수장인 이정철이 상당 부분 관여를 했다는 게 분명한 사실이었다.

정단오는 눈앞에서 벌벌 떨며 토악질을 하고 있는 이정철의 이면을 바라보고 있었다.

그가 말 한마디로 죽인 사람이 얼마나 될까?

오성 그룹의 횡포에 의해 삶의 터전을 잃고 벼랑 끝에 내몰린 사람들은 또 얼마나 많을까?

하지만 정단오는 옳고 그름이나 정의의 문제로 이정철을 심판하려는 게 아니었다.

그가 칼을 뽑은 이유는 단 하나, 과거의 후회를 반복하지 않기 위해서였다.

그러기 위해선 정단오의 과거를 엉망으로 만든 세력의 뿌리를 뽑아내야 했다.

오성 그룹 역시 피해 갈 수 없는 타깃이었다.

"너로 인해 많은 사람들이 악몽 같은 삶을 살았다. 이제 그 값을 치러라."

정단오가 품에서 낡은 서책을 꺼냈다.

원로회 한국 지부의 보관소에서 회수한 아티팩트, 심연의 계단을 다시 쓸 때가 된 것이다.

투욱—

그는 무심한 손길로 심연의 계단을 펼쳐 바닥에 던졌다.

그 순간, 펼쳐진 서책에서 뭐라고 설명하기 힘든 그림자가 뿜어져 나왔다.

서책에 봉인돼 있던 희끄무레한 그림자는 이정철을 심연으로 인도하는 계단이 됐다.

"끄으, 끄아아아아악—!"

이정철의 비명이 지하실을 뒤흔들었다.

이제껏 들었던 그 어떤 비명이나 신음, 절규와도 비교할 수 없는 처절한 울음이 지속됐다.

심연의 계단은 인간의 기억 깊숙이 숨겨진 공포를 끌어내 악몽을 안겨 주는 환영의 무기다.

만약 이 아티팩트의 힘을 끝까지 사용하면 순식간에 수많은 사람들을 미쳐 버리게 만들 수 있었다.

더 이상의 공포를 못 느낄 거라 생각했던 이정철은 심연의 계단 때문에 인생 최악의 순간으로 돌아가 끊임없이 반복해서 지독한 괴로움을 느끼고 있었다.

"안 돼! 제발, 제바아아아알—!"

정단오는 표정 하나 없는 얼굴로 몸부림치는 이정철을 지켜봤다.

그렇게 시간이 흘러갔다.

이정철은 완전히 탈진한 채 자신이 토해 낸 토사물 위에 쓰러졌다.

병적으로 깔끔한 것에 집착하던 오성 그룹의 황태자가 오바이트를 한 토사물 위에서 뒹굴게 된 것이다.

정단오는 바닥에 펼쳐진 심연의 계단을 집어 들어 품에 넣었다.

새삼 느끼지만, 참으로 위험한 아티팩트다.

만약 그가 작정을 했으면 이정철의 정신을 완전히 붕괴시킬 수도 있었다.

어쨌든 지금 이정철의 멘탈은 어린아이보다 훨씬 더 약해진 상태였다.

아마 이정철의 인생을 통틀어 가장 무방비의 정신 상태일 것이다.

"들어와라."

정단오는 쓰러진 이정철에게서 고개를 돌려 지하실 문을 쳐다봤다.

그러자 기다렸다는 듯 문이 열렸다.

끼이이익—

"그동안 수련한 결과를 볼 수 있겠군."

정단오가 이제까지와 달리 희미한 미소를 지으며 말했다.

지하실 문을 열고 들어온 사람은 바로 이지아였다.

그녀는 목에 걸린 은빛 십자가 펜던트를 손에 꼭 쥔 채 조심스레 들어왔다.

"이 사람, 살아 있는 거 맞아요?"

"잠시 의식을 잃었을 뿐, 멀쩡히 살아 있다."

"알겠어요. 그럼 해 볼게요."

"마음을 편히 먹어라, 지금부터는 너의 시간이다."

"잘할 수…… 있겠죠?"

"난 너를 믿는다, 이지아."

정단오는 두 팔을 뻗어 이지아의 어깨를 잡은 채 눈을 맞췄다.

그러자 약하게 흔들리던 그녀의 눈동자가 안정을 찾았다.

이지아는 다른 곳도 아닌 지금 이 지하실에서 주시자의 눈을 다루기 위해 수련에 매진해 왔다.

이제 그 결실을 얻을 때가 온 것이다.

"지켜봐 줘요, 단오 씨."

"여기 서 있겠다."

이지아는 정단오를 지나쳐 쓰러져 있는 이정철에게 다가갔다.

할아버지의 유품인 은빛 십자가 목걸이, 주시자의 눈이 권능을 발해야 할 차례였다.

단순히 마음을 읽는 것으로 끝나선 안 된다.

이정철이 알고 있는 정보를 속속들이 캐내야 하기에 예전보다 훨씬 어려운 미션이었다.

"으음."

이지아의 분홍빛 입술 사이로 작지만 야무진 기합이 흘러나왔다.

우우웅―

그녀의 목에 걸린 은빛 십자가가 은은한 빛을 발산하며 허공으로 떠올랐다.

진실을 꿰뚫어 보는 주시자의 눈.

이지아는 신성한 아티팩트의 진정한 주인이 될 자격이 있음을 증명하려 하고 있었다.

이지아의 수련은 헛되지 않았다.

그녀가 이를 악물고 어두컴컴한 지하실에서 보낸 시간은 그만큼의 결실을 가져다주었다.

예전에는 주시자의 눈으로 단편적인 정보를 읽는 게 고작이었다.

마음을 읽는다는 말에는 턱없이 미치지 못한 게 사실이었다.

그러나 정단오 곁에서 여러 사건을 겪으며 나날이 성

장한 그녀는 능력자라는 이름에 걸맞은 사람이 돼 있었다.

물론 그렇다고 해서 이정철의 마음을 읽는 게 쉽지만은 않았다.

이정철은 날 때부터 고등교육을 받은 엘리트 중의 엘리트다.

여기서 고등교육은 단순히 수학이나 영어 따위의 학과 교육만 의미하는 게 아니었다.

이정철처럼 재벌가에서 태어난 자제들은 정신을 무장하는 법, 멘탈을 관리하는 법, 마음을 읽히지 않는 법을 배우며 성장한다.

만약 그가 정단오에 의해 절망감과 무력감을 느끼는 상태가 아니었다면 이지아가 마음을 읽어내기엔 벅찬 상대였다.

우우웅— 우우우우웅—

공중에 떠오른 은빛 십자가 펜던트가 계속해서 진동하며 묘한 소리를 발했다.

이지아의 목에 걸린 목걸이가 금방이라도 끊어질 것 같았다.

두 눈을 꼭 감은 이지아는 연신 식은땀을 흘리고 있었다.

그녀와 은빛 십자가 펜던트인 주시자의 눈, 그리고 이정철 사이에 보이지 않는 선이 연결됐다.

정단오가 불멸의 권능과 각종 이능(異能)으로 적들을 도륙한다면, 이지아는 주시자의 눈을 통해 그녀만의 싸움을 해 나가는 것이다.

원로회와 전쟁을 선포한 정단오의 짐이 아니라 당당한 오른팔이 되기 위해 그녀는 이를 꽉 깨물었다.

"으음, 으으음……."

피가 나도록 세게 깨문 입술 사이로 이지아의 신음 소리가 흘러나왔다.

정신을 집중하며 몸 안의 능력을 최대한 발휘하고 있지만, 그럼에도 이정철의 마음을 읽기는 쉽지 않았다.

절망감에 빠졌어도 그의 사고에 본능적으로 쳐져 있는 벽은 높고 튼튼했다.

그 벽을 허물어야 모든 생각과 마음을 읽어낼 수 있다.

'할 수 있어. 아니, 해내야만 해!'

이지아는 극심한 스트레스를 느끼고 있었다.

집중력을 한계치 이상으로 뽑아내면 탈진 상태에 이르는 게 당연한 수순이다.

그녀의 체력은 진즉 고갈됐고, 계속 주시자의 눈을 붙들고 서 있는 건 순전히 정신력으로 버티는 것이었다.

하지만 이지아의 등 뒤에는 정단오가 서 있었다.

그가 멀리 떨어지지 않은 곳에 서 있는 한 그녀는 한계를 극복할 수 있을 것 같았다.

이지아는 자신을 살리기 위해, 그리고 그녀처럼 독립군 후손으로 살아왔던 사람들의 억울한 삶과 죽음을 위해 정단오가 어떤 싸움을 각오했는지 알고 있었다.

꽈악—

그녀가 고사리 같은 손으로 주먹을 강하게 쥐었다.

입술을 깨문 것도 모자라 손톱이 살을 파고들어 피가 날 지경이었다.

이렇게라도 하지 않으면 금방 쓰러질 것 같았기 때문이다.

단편적인 정보는 이미 충분히 읽어 냈다.

이정철과 오성 그룹 기획실이 원로회 한국 지부와 연관이 있다는 건 예전에 알아낸 사실이다.

그러나 오성 그룹 기획실이 어떤 일을 주도했는지, 원로회와 맺은 비밀스런 계약이 어떤 것인지 중요한 내용이 읽히지 않았다.

적어도 이정철과 직접 접촉한 원로회의 인사들만이라도 알아내면 정단오의 다음 타깃을 정할 수 있다.

그녀는 마지막이라는 생각으로 젖 먹던 힘까지 짜내 주시자의 눈에 불어넣었다.

쏴아아아아—!

이지아의 가냘픈 몸에서 쏘아진 아우라가 허공에 떠오른 주시자의 눈에 집중됐다.

어두운 지하실을 밝히며 고고하게 떠올라 있던 은빛 십자가 펜던트가 주인의 간절한 마음을 알아준 것일까?

순간, 이제까지와는 비교할 수 없는 빛이 작렬하며 이정철의 온몸을 휘감았다.

고오오오!

주시자의 눈에서 뿜어진 강렬한 섬광이 이정철을 감싼 채 범접하기 힘든 기운을 풍겼다.

시간이 멈춘 것 같았고, 이 순간만큼은 절대자라 할 수 있는 정단오도 개입을 하지 못했다.

털썩—

얼마의 시간이 흐른 후, 이지아가 그대로 쓰러졌다.

정단오가 미처 달려가 안을 틈도 없이 허물어지듯 주저앉은 것이다.

"하아— 하아—"

그녀는 차가운 지하실 바닥에 쓰러진 채 거친 신음을 흘렸다.

철제 의자에 앉은 이정철은 넋이 나간 사람처럼 멍한 얼굴로 침을 질질 흘리는 중이었다.

정단오는 상황을 판단하기 전에 반사적으로 몸을 날렸다.

"이지아, 내 말이 들리는가? 이지아!"

그가 다급한 목소리로 그녀의 이름을 불렀다.

수백 년의 세월을 살아오는 동안 이토록 급하게 누군가를 불러 본 적이 몇 번이나 되는지 모르겠다.

그녀의 목에 손가락을 붙인 정단오는 그제야 안심한 후

이지아의 상태를 자세히 살폈다.

호흡이 가빠졌을 뿐, 맥은 정상적으로 뛰고 있다.

과도한 능력 사용으로 일시적 탈진 상태에 이른 게 틀림없었다.

그렇다면 너무 크게 걱정할 필요 없이 며칠 동안 푹 쉬고 안정을 취하면 회복이 될 것이다.

“고생했다.”

“나…… 해냈어요, 단오 씨.”

겨우 의식을 회복한 그녀가 힘겹게 말을 뱉어 냈다.

해냈다는 말에 많은 의미가 함축돼 있었다.

정단오를 위해, 함께할 싸움을 위해 그녀 자신의 역할을 다했다는 뜻이다.

아마 주시자의 눈으로 이정철의 마음 깊숙한 곳을 읽어 냈으리라.

그렇기에 완전히 지친 채로도 환한 미소를 짓는 것이리라.

정단오는 이지아가 어떤 마음과 각오로 주시자의 눈을 사용했는지 느낄 수 있었다.

그녀의 진심이 사막처럼 메마른 정단오의 가슴에 단비를 내리게 하는 것 같았다.

“해낼 줄 알고 있었다.”

“정말요?”

“난 언제나 너를 믿고 있다, 이지아.”

그의 말을 들은 이지아가 만족한 듯 더욱 해맑게 웃으며 고개를 끄덕였다.

몸과 정신은 지쳤어도 정단오의 품에 안겨 웃는 그녀의 얼굴은 더없이 행복해 보였다.

정단오는 이정철에 대한 건 일절 묻지 않고 그녀를 안은 채 몸을 일으켰다.

어차피 철제 의자에 앉은 이정철은 주시자의 눈에 마음을 읽힌 충격으로 정신이 나가 있었다.

이지아를 침실에 눕히고 쉬게 한 후 뒤처리를 해도 늦지 않을 것이다.

저벅저벅.

조심스레 지하실 계단을 거슬러 저택 위로 올라가는 정단오의 발걸음 소리가 묵직하게 울렸다.

그 발자국 소리에 이지아를 향한 그의 염려와 진심이 묻어 나오는 것 같았다.

* * *

오성 그룹 후계자 이정철 기획실장, 돌연 해외 연수!

일각에서 제기되고 있는 건강 악화설. 오성 그룹 후계 구도, 미궁 속으로!

오성 그룹 지주사 오성 랜드 주가 급락!

각종 일간지와 메이저 신문사, 심지어 아홉시 뉴스에서도 자극적인 헤드라인을 쏟아 냈다.

대한민국을 움직이는 오성 그룹의 유일한 후계자로 지목받았던 이정철이 기획실장 직을 내려놓고 갑자기 해외 연수를 떠났기 때문이다.

미국의 뉴욕 지사로 연수를 떠난 이정철은 당분간 글로벌 비즈니스의 흐름을 익힐 예정이라고 알려졌다.

하지만 그 말을 곧이곧대로 받아들이는 사람은 아무도 없었다.

보통 재벌 가문의 후계자들은 한 번 정도 해외 연수를 거치는 게 관례다.

해외 지사에서 경험을 쌓으란 건 둘째 이유이고, 일단 외국 물을 먹어야 한국에 돌아올 때 단번에 임원 급으로 발령을 해도 눈치가 덜 보이기 때문이다.

그러나 지금의 경우는 달랐다.

이정철은 이십 대 후반과 삼십 대 초반 시절 이미 해외 연수를 경험했다.

귀국을 하면서 처음으로 단 직함이 전무 급 기획실장이었고, 앞으로 부사장을 거쳐 사장과 부회장으로 진급하는 건 시간문제였다.

그런 이정철이 그룹의 핵심인 기획실장 자리를 내려놓고

예고 없이 미국으로 떠난 건 상식적으로 이해가 안 되는 일이었다.

호사가들은 회장이 기대에 못 미친 아들을 유배 보냈다는 이야기를 꺼내기 시작했다.

실은 이정철이 암에 걸렸다는 뜬소문도 떠돌았고, 갑자기 여자와 술에 미쳐 정신을 차리게 만들려고 미국에 보냈다는 풍문도 설득력을 얻었다.

기획실장 자리가 비어 버리자 신이 난 건 현 회장을 고모부로 모시고 있는 이정철의 사촌들이었다.

언론과 기업계에서는 새롭게 후계 구도에 뛰어들 자격을 갖춘 이정철의 사촌들을 주목했고, 탄탄했던 오성 그룹의 후계 구도에 먹구름이 끼었다.

그 결과, 주가가 급락하고 대외적인 경영 안정성 지표가 하락하는 건 너무도 당연한 수순이었다.

오성 그룹이 흔들리면 한국의 신용도 역시 흔들리기 마련이다.

괜히 오성 제국 또는 오성 공화국이라 불리는 게 아니었다.

그러나 이처럼 엄청난 여파를 만들어 낸 이정철의 미국행과 관련된 진실을 제대로 아는 사람은 드물었다.

정단오와 김상현, 이지아는 진실을 알고 있는 극소수에 속했다.

이지아가 주시자의 눈으로 이정철의 마음을 완전히 읽어

냈고, 그 과정에서 충격을 받은 그가 반쯤 실성을 해 버렸기 때문이다.

이정철은 이미 비행기에서 하이재킹을 당하며 어마어마한 트라우마를 안고 있었다.

거기에 더해 주시자의 눈이라는 이질적인 존재가 자신의 마음 구석구석을 훑어 가는 끔찍한 경험을 해 버렸으니 정신이 온전할 수 없었다.

아무리 고등교육으로 무장한 이정철이라고 해도 멘탈이 산산조각 날 수밖에 없는 일이었다.

어찌 됐든 이정철이라는 개인의 몰락은 오성 그룹 전체와 대한민국 사회에 적지 않은 파장을 일으켰다.

그러나 이 정도를 가지고 혼란이라는 말을 쓸 순 없다.

혼란의 시대.

대혼돈의 서막이 열리고 있었다.

다른 누구도 아닌, 이터널 마스터 정단오의 손에 의해서.

조국을 위해 모든 것을 바쳤던 그가 하나뿐인 조국에 카오스의 칼날을 들이밀고 있었다.

* * *

지이이잉—

문이 좌우로 열렸다.

대한민국에서 이 정도 규모의 저택에 살 수 있는 사람은 상위 1%일 것이다.

기사가 운전하는 검은색 고급 차를 타고 저택 안에 들어온 사람은 차에서 내리며 고개를 갸웃거렸다.

오늘따라 집 안의 기운이 이상했기 때문이다.

곧이어 운전기사는 차를 끌고 밖으로 나갔다.

한남동 기슭에 있는 남자의 집은 넓은 정원과 그림 같은 건물이 조화를 이룬 호화 저택이었다.

일이 바빠 며칠 만에 들른 것이지만 뭔가 마뜩치 않았다.

평소 같았으면 냉큼 달려 나와 인사를 했을 가정부들의 인기척도 느껴지지 않았고, 와이프와 자식들도 남자가 들어왔는데 별 반응이 없었다.

"다들 외출이라도 했나?"

중년 남성은 혼잣말을 중얼거리며 현관문을 열었다.

삐리리—

현관문을 연 순간, 남자의 눈빛이 변했다.

집 안에서 느껴지는 이질적인 기운이 그를 다급하게 만들었다.

파바바박!

순간 중년 남성이 입고 있던 값비싼 정장이 갈기갈기 찢어졌다.

그는 마치 영화 헐크의 주인공이라도 된 것처럼 몸을 부풀렸다.

실제로 호리호리하던 그의 몸이 순식간에 탄탄한 근육질로 변했다.

평범한 직장인을 연상시키는 눈빛에도 날카로운 살기가 깃들었다.

한남동 저택의 주인인 이 남자는 원로회 한국 지부의 능력자였다.

그것도 아주 강한 신체 강화 능력을 바탕으로 한국 지부에서 요직을 담당하고 있는 사람이다.

"이미 늦었다."

그때, 남자의 뒤에서 스산한 바람처럼 누군가의 목소리가 울려왔다.

몸을 근육으로 무장한 채 고개를 돌린 남자가 경악스런 표정을 지었다.

큰 키, 창백한 피부, 뚜렷한 이목구비.

요즘 원로회 한국 지부에서 요주의 대상으로 지목한 대상과 똑같은 인상착의를 지닌 남자가 등 뒤에 서 있었기 때문이다.

"다, 당신은……!"

대한민국에서 신체 강화 능력이 가장 강하다고 평가받는 인물, 철탑의 강육진이 말을 더듬었다.

평화롭던 강육진의 일상을 뒤흔든 낯선 상대가 고개를 끄덕이며 입을 열었다.

"내가 너희를 징벌할 것이다."

불멸자.
이터널 마스터.
정단오의 칼이 원로회 한국 지부의 심장부를 겨누었다.
역사를 새로 쓰게 만들 최후의 전쟁이 시작된 것이다.

「집행자 3권 계속……」

집행자

1판 1쇄 찍음 2014년 6월 11일
1판 1쇄 펴냄 2014년 6월 16일

지은이 | 묘　재
펴낸이 | 정　필
펴낸곳 | 도서출판 **뿔미디어**

편집장 | 이재권
기획 · 편집 | 윤영상

출판등록 | 2002년 9월 11일 (제1081-1-132호)
주소 | 경기도 부천시 원미구 상동로 117번길 49(상동) 503호 (우)420-861
전화 | 032)651-6513 / 팩스 032)651-6094
E-mail | bbulmedia@hanmail.net
홈페이지 | http:/bbulmedia.com

값 8,000원

ISBN 979-11-315-1990-5 04810
ISBN 979-11-315-1988-2 04810 (세트)

※파본은 구입하신 서점에서 교환하여 드립니다.

www.bbulmedia.com

www.bbulmedia.com